お飾り王妃になったので、こっそり働きに出ることにしました

〜呪いで動けない陛下(だんな)に代わってうさぎと無双します！〜

富樫聖夜

ビーズログ文庫

イラスト／まち

Contents

人物紹介
Character

ルベイラ国王。
ようやくロイスリーネと両想いになったにもかかわらず、うさぎから元に戻れなくなっちゃった!?

うーちゃん

ロイスリーネが可愛がっているうさぎ。
実はジークハルトの呪いをうけた姿。

ロイスリーネ

ロウワンから嫁いできた『お飾り王妃』。
昼は『緑葉亭』の看板娘リーネとして働いている。

ロイスリーネの侍女。ロウワン時代からの強い味方。

ジークハルトの従者。ジークハルトの身代わりもこなす。

ルベイラ国魔法使いの長。魔道具オタク。

『解呪』のギフトを持っている聖女。

ローゼリア

ロイスリーネの母親でロウワン国王妃。『解呪の魔女』として有名。

ルベイラ軍第八部隊に所属する軍人。その正体は、魔法で姿を変えたジークハルトその人。

ジークハルトの幼馴染みで宰相。

『緑葉亭』の女将。実はジークハルト直属の特殊部隊隊長。

タリス公爵令嬢。ロイスリーネとジークハルトをネタに小説を執筆中。

ローゼリアの妹でロイスリーネの叔母。『鑑定』のギフトを持つ。

プロローグ　断罪された偽聖女たちの末路は

——どうして私がこんな目に……。

ガタガタと揺れる馬車の中で、偽聖女ことイレーナは悔しさにぐっと唇を噛みしめる。

——ルベイラに行く時は神殿が用意した最高級の馬車だったわ。クッションがふかふかでとても快適だったのに。

今のイレーナたちが乗っている馬車は揺れも大きく、椅子の座り心地も悪い。外の景色を見て不快を紛らわそうにも、小さな窓には鉄格子がはめられており、己が追いやられた立場を否応なく見せつけられる。

気分は最悪だった。その最悪の気分が、大国ルベイラを出てから十日あまりずっと続いている。

だがそれも当然のことだろう。何しろ今のイレーナは聖女を騙った罪で審問官に捕えられ、元神殿長ガイウスと共に神聖メイナース王国にある大神殿へ護送されているところなのだから。

――確かに聖女を騙ったわよ。でもそれは私のせいじゃない。ガイウスに唆されたからよ。……そうよ、全部この男のせいよ！

イレーナはふてくされ、向かいに座っているガイウスを睨みつける。

――ガイウスがミルファを攫う時に王妃も一緒に誘拐したせいで、何もかもメチャクチャになったんだわ！

聖女と偽り、魅了と洗脳魔法を使って好き勝手してきた自分の所業を棚に上げ、イレーナは失敗の原因をガイウスになすりつけた。

もっとも、ガイウスはガイウスで、自分たちがこうなった原因は、大勢の前で解呪に失敗したイレーナにあると恨めしそうに睨みつけているのだからお互い様だ。

どちらも自分本位で、己の非を認めることができずに他者のせいにするあたり、似た者同士だと言えよう。

もし口が利ければきっと彼らは互いを罵り続けていたに違いない。だが残念なことに、審問官が声が出なくなる魔法をかけてしまったため、文句を口に出すことは叶わなかった。

しかもイレーナに限っては、魔法が使えないように魔封じの腕輪までつけられている。おかげで得意の魅了術も使えない。

左手首に嵌った腕輪をイレーナは忌々しそうに見下ろした。この十日間ほど隙を見ては外そうとしているのに、腕輪はどうやっても外れず、壊すこともできなかった。

魔法さえ使えたら、魔力の高そうなあの審問官は無理でも、監視している聖騎士たちなら魅了してこっそり逃がしてもらうこともできたかもしれないのに……。

二人にはもう時間がない。このまま大神殿に送られてしまったら、ファミリア神殿の権威や信用を傷つけたとしてイレーナにはきっと重い罰が待っているだろう。

——そんなの嫌！　私はこんなところで終わる人間じゃないのよ！

イレーナはデンマールという小国の片田舎で生まれた。生まれ育った場所はデンマールでも辺境の地にあり、中央の情報もなかなか届かない山間部にある小さな村だ。

村で一番の美女と名高い母親そっくりの容姿を持って生まれたイレーナは、幼少期から周囲に可愛がられ、チヤホヤされて育った。同世代の女の子たちからは疎まれていたが、彼女の周りには何でもわがままを聞いてくれる男の子たちがいたから、まるで気にならなかった。

何をしても可愛いと褒められるし、非があったとしても誰かが必ず庇ってくれる——そんな状況で育ったイレーナの自尊心が増長していくのは、無理もないことだったのかもしれない。

自分の容姿に絶対的な自信を持っていた彼女は、「自分はこんな村で埋もれていていい人間ではない」と思い込むようになった。

——毎日汗を流して働かなければ食べていけない農民の嫁になるしかないなんて、そんなの間違ってる。私の容姿なら、もっと大金持ちの男を捕まえられるはずよ！

そんな時だ。偶然村を訪れた魔法使いから、自分に魔力があると知らされたのは。

イレーナは有頂天になった。なぜなら魔力があれば平民でも貴族に見初められて、嫁入りしたり、養女にしてもらえると村では言われていたからだ。

――私みたいに美人で魔力もあるとなれば、絶対にどこかの貴族のお眼鏡にかなうわ。でもこんな村にいたんじゃいつまで待っても貴族との出会いなんて起こらない。

そう考えたイレーナは、意気揚々と村を出てデンマールでも比較的大きな街に向かった。十四歳の頃のことだ。

だが、イレーナは街で初めての挫折を味わうことになる。

確かに一昔前なら貴族の仲間入りをすることも珍しくはなかった。魔力が次世代以降にも遺伝すると分かったからだ。そのため、貴族や裕福な商人などがこぞって魔力持ちを求め、平民であっても構わずに自分の血族に引き入れた。

けれど、世代が変わり貴族の中で魔力持ちが多く生まれるようになると状況は変わった。何もわざわざ平民を選ばずとも、魔力を持つ貴族と縁づけばいいからだ。

情報が行き届かない小さな村の中で生きてきたイレーナは知らなかったが、今では聖女か、もしくはよほど実績のある魔法使いでない限り、平民が貴族に見初められることはめったになくなっていたのだ。

自慢の美貌は少しも役に立たなかった。いくら容姿が優れていたとしても、大きな街ではイレーナ程度の容貌の女性など珍しくもなかったのだ。洗練された都会の女性たちに、田舎者のイレーナが太刀打ちできるはずもなかった。

貴族や裕福な男性はイレーナに見向きもしない。イレーナに群がるのは地位もお金もない男たち――要するに、自分と同じ底辺の人間たちだけだった。

――違う、違う！　こんなのは私が望んだことじゃない！

希望に満ちて街にやってきたイレーナを待っていたのは、傷ついた自尊心とどうしようもない現実だった。

けれど、イレーナは挫けなかった。魔法使いになれば道は開けると考え、なんとか街に住む一人の魔法使いの弟子にしてもらった。

――そうよ、有名な魔法使いになれば、貴族にだって会えるし、気に入られることだって……！

……けれど、ここでイレーナは二度目の挫折を味わうことになる。

血を吐くような努力をしてなんとか魔法が使えるようになったものの、どうやっても初歩の魔法しか使いこなせなかったのだ。

後から弟子入りした子たちがどんどん難しい魔法を覚えていくのに対して、イレーナが使えるのは火を灯す、水玉を作る、そよ風を起こすなど、ごくごく基本的な術だけ。

兄弟子たちに馬鹿にされ、弟弟子たちにも嘲笑される毎日。

『イレーナ。残念だけどお前が魔法使いとして独り立ちするのは無理だろう。別の道を探した方がいい』

しまいには師匠にまでそう言われてしまい、イレーナは絶望するしかなかった。

けれど、ある時転機が訪れる。

ごく初歩の魔法しか使えないイレーナだったが、ある分野の魔法に関してだけは、突出して才能があったのだ。

それは魅了術。洗脳術とも言われている、他者の精神を自由に操る魔法だった。

魅了術は六百年前の大戦の時に編み出された術の一つで、今では使用が禁止されている——いわゆる禁呪だ。そのため、魅了術を使った者には厳しい罰が下されることになっているが、後ろ暗いことに手を染めている魔法使いたちが乱用し、大騒動になる例が後を絶たない。

『魅了術は禁呪だ。決して使ってはならない。それは魔法使いたち自身の首を絞める行為だからだ。疑念と不信は恐怖を呼び寄せ、やがて排斥へと向かう。五百年前クロイツ派が台頭したのも、大戦で魔法使いたちが人々に恐怖を植えつけたせいさ。いいかい？　魔法は人を傷つけるものであってはならないんだ』

師匠は繰り返し、魅了術を使ってはならないと弟子たちに言い含める。けれどイレーナはほとんど彼女の言葉を聞いていなかった。いや、聞いてはいたが、心に留めることはなかった。すっかり魅了術に心酔していたのだ。

――この魅了術を使って私を無視した貴族の男たちを虜にしてみせるわ！

こうしてイレーナは、貴族の子弟たちを洗脳し、その心を捻じ曲げて自分に向けさせた。愛を語らせ、貢がせて、彼らを使って気に入らない女性たちを排除していった。

傷ついた自尊心が、そして虚栄心が満たされていく。

――そうよ。私が欲しいのはこれだったのよ！

だがイレーナのもくろみは長くは続かなかった。不審に思った師匠によって男たちの魅了術があっけなく解呪されてしまったのだ。

そしてイレーナは破門され、街から追放された。

『これは温情だ。本来なら一生牢屋にいなければならないところを、追放だけですんだんだから。いいかい、イレーナ。二度と魅了術を使ってはいけないよ。お前の行いはいつか必ず自分に跳ね返ってくる。魔法というのはそういうものだ』

今から思えば、街の有力者に魅了術をかけて操ろうとしたにしてはかなりの甘い罰だった。きっと師匠が働きかけてくれたのだろう。まさしく温情だったのだ。

だが当時のイレーナはそれを理解していなかった。

――せっかくうまくいっていたのに！　私の力よ！　どう使おうが私の自由じゃない！

街を追い出されたイレーナは反省もしないまま国を出て、別の街にたどり着いた。誰もイレーナを知らないところで、新しくやり直すために。

そして小金を稼(かせ)ぐために、魅了する相手を物色するつもりで立ち寄った酒場で、偶然にもガイウスと出会ったのだ。

当時ガイウスは神殿内で出世するために聖女を探していた。そんなガイウスが魅了術という特殊(とくしゅ)な魔法に長(た)けたイレーナと遭遇(そうぐう)したのは、彼曰(いわ)く「まさに神の采配(さいはい)」とも呼ぶべきものだっただろう。

二人は互いの目的のために手を結び、「解呪の聖女イレーナ」が誕生した。

それからは信じられないほどうまくいった。イレーナがかけた呪(のろ)いをあたかも祝福(ギフト)によって解呪したように見せかけるだけで、聖女としての実績が積み上がっていく。

不信を抱(いだ)いたり反発する相手は魅了術をかけて操った。術にかからない相手は操った人間を使って排除すればいいだけだった。

イレーナの聖女としての名声が高くなるほどガイウスも出世して、いつしか祭祀長(さいしちょう)にまで昇りつめた。

――どう？　もう二度と田舎娘(むすめ)なんて言わせないわよ。貴族だろうと関係ない。すべて私の前に跪(ひざまず)かせてやるわ。私は聖女なんだから。

聖女としてあがめられ、チヤホヤされる生活は、イレーナの自尊心や自惚(うぬぼ)れをどんどん肥大化させていった。

だから忘れていたのだ。魔法使いとしては三流に過ぎないイレーナがこれほど力を振るえたのは、聖女という肩書とファミリア神殿という後ろ盾があったからこそであり、決して自身の力によるものではないことを。

期間限定の神殿長に任命されたガイウスと共にルベイラにやってきたイレーナは、国王ジークハルトに一目ぼれした。自分こそ彼に相応しい相手だと思い込んだイレーナは、彼を得るために躍起になり、色々とやり過ぎてしまった。

その挙句に、大勢の前で聖女ではないことが暴露されてしまい、罰を受けることになってしまったのだ。

——いいえ、失敗したのは私だけのせいじゃないわ。ガイウスが王妃を巻き添えにしたからよ。このままガイウスのせいで罰を受けるなんて冗談じゃないわ。大神殿にたどり着く前にこの腕輪を外して逃げなくちゃ！

魅了術さえ使えれば逃げ切れると、名前を変えて再びやり直すことができるとイレーナは本気で信じていた。

けれど、ルベイラを出て十二日目。イレーナとガイウスは護送用の馬車の中で恐怖に身を震わせていた。

外から聞こえるのは剣戟の音、誰かの叫び声、それに何かが爆発したような激しい爆音と震動。

——一体何が起こっているの⁉

ついさっきまではいつもと変わらなかった。聖騎士たちに監視されながら揺れのひどい馬車で大神殿に向かって進んでいたのだ。

ところが急にガタンと馬車が停まったかと思うと、叫び声や悲鳴、それに剣戟の音が聞こえてきた。攻撃魔法を使っているのか、あちこちで爆発するような音も聞こえてくる。

馬車の唯一の窓は鉄格子とカーテンによって遮られているため、外の状態はよく分からない。いや、もし窓から外の光景が見えたとしても、恐ろしくて確認できなかっただろう。けれど、見なくても状況は分かる。審問官の一行が誰かから攻撃を受けているのだ。

——一体、どうなるの？　これからどうなってしまうの？　……でももしかしたら、これはチャンスかもしれない。

襲ってきているのが野盗ならば、イレーナがすぐに殺されることはないだろう。腕輪を外すことができれば、反対に野盗たちを魅了して神殿の手から逃れることができるかも。

——でももし、審問官や聖騎士たちが野盗を返り討ちにしたら……。

その時はもう逃げ出す機会はないだろう。

イレーナはガイウスと馬車の中で抱き合って震えながら戦いが終わるのを待った。やがて外からは何の音もしなくなった。

──戦いが終わった？　どっちが勝ったの？

どちらが勝ったとしても、中を確認するために馬車の扉は開けられるだろう。二人が乗る馬車は護送用なので、内側からは開けられないようになっている。外側から開けられるのを待つしかないのだ。

誰かが馬車の外に立つ気配がした。ガチャリと金属音を立てて鍵が開けられ、扉が開かれる。

「まったく、手間を取らせてくれる」

薄暗い馬車の中に差し込んできた光に、イレーナは眩しそうに目を細めた。狭まる視界の向こうに、日差しを背にした男のシルエットが見える。

──審問官？　では野盗たちは……。

自分は賭けに負けたのだと、イレーナは悟った。そしてそれが、イレーナが見た最後の光景となった。

「せいぜいあの方の役に立ってもらおうか」

声と共に急速に目の前が真っ暗になり、イレーナの意識は閉ざされていく。

『お前の行いはいつか必ず自分に跳ね返ってくる。魔法というのはそういうものだ』

薄れていく意識の中で、なぜかイレーナはかつて師匠に言われた言葉を思い出していた。

──ええ、そうね、師匠。あなたの言う通りだった……。

自嘲を浮かべながら目を閉じる。

そしてイレーナがその目を開けることは二度となかった。

やがて何事もなかったかのように馬車と審問官の一行は動き始める。

周囲にはイレーナたちが野盗だと思った者たちの死体はない。戦闘があったはずなのに、戦いの痕跡すら残っていなかった。

ただ、誰かが落としたと思われる女神ファミリアの象徴である稲穂のバッジが、日の光を反射してキラキラと輝いていた。

第一章 お飾り王妃と呪われ国王のラブラブの日々

大国ルベイラの王都の東側の一角に、評判の食堂がある。

『緑葉亭』と看板が掲げられたその食堂は、口は少し悪いが恰幅の良い女将と小柄で無口な旦那の夫婦二人で営んでおり、手ごろな値段で美味しい料理が食べられるとあってなかなかの人気店だ。

評判なのは料理だけではない。忙しい昼の間だけ働いている給仕係も『緑葉亭』の看板の一つだ。

ウェイトレスの名前はリーネ。おさげに結ばれた黒髪に眼鏡をかけた姿は少し野暮ったく感じられるものの、どんな時でも笑顔で接客してくれるため、男女問わず好かれていた。リーネの笑顔見たさに店を訪れる客も多い。

今日もいつものように忙しくも笑顔で立ち働いていたリーネだったが、絶賛困ったことになっていた。

「だから、酒を出せって言ってるだろ⁉」

軍の制服を身にまとった中年の男が大声を出す。

「申し訳ありませんが、先ほどからお伝えしているように、軍の通達により昼間のこの時間、この地域の店ではお酒は出せない決まりになっているんです」

つい先ほど一人でふらっと店に入ってきたこの男は、いくら断っても聞き入れてくれず、居丈高に迫ってくる。

穏便にすませようと笑顔で応対しているものの、さすがのリーネもいい加減面倒になってきていた。

――普通だったら軍の通達でと言った時点で引き下がるのに、しつこいお客ね。もしかしてもう酔ってるの？

この軍人のように勤務中に酒を飲む兵士が増えたから、軍から昼間は酒を提供してはならないという禁止令が出されたというのに。

「そんなの黙ってりゃいいんだよ。客が酒を出せと言ってるんだ。さっさと持ってこい！」

「黙っていたってすぐにバレますよ」

内心呆れながらも、リーネは表面上はにこやかに告げた。

「もしお酒を出したことがバレたら店の方は営業停止処分になるかもしれません。申し訳ありませんが、この時間当店でお酒を出すことはできません。どうしても飲みたいのであれば、少し遠いですが中央通りの店まで行かれることをお勧めします。あそこでしたら、駐屯所の管轄外でお酒を禁止されていませんから」

「ふざけるな！　中央通りまで行ってたら休憩時間が終わっちまうじゃねーか！」

どうあっても今ここで酒を飲みたいらしい。

――それで酔ったまま勤務して、バレて説教されて降格。この軍人の未来が見えるようだわ。

いや、おそらくその前にこの軍人の未来は潰されるだろう。確実に。

リーネは周囲にさっと視線を走らせ、ため息をついた。

ピークは過ぎたもののまだ昼時なので、店にはそれなりの客が残っている。中にはいつも店を訪れる常連客の姿もあり――だが彼らは一様にさりげないふりをしてこちらを窺っていた。何かあればすぐにでも飛び出してリーネを守るために。

――この軍人さん、思いもしていないでしょうね。この中に一般市民を装った国王直属の諜報員が多数紛れ込んでいるだなんて。

いや、それ以上に夢にも思うまい。自分が今絡んでいるウェイトレスが、実はこの国の王妃だなどとは。

だがリーネことロイスリーネは、正真正銘ルベイラ国の王妃だ。小国ロウワン出身の元王女で、今から約十一ヶ月ほど前に国王ジークハルトに嫁いできた。

――まぁ、王宮にいるはずの王妃がこんなところで働いているとは思わないわよね。

大国の王妃であるロイスリーネがなぜこんなところでウェイトレスなんてしているのかというと、色々あった事情を一言で要約するならば「お飾り王妃故に暇だったから」だ。

ロイスリーネは嫁いできてすぐに、離宮に身の安全を守るためと称して半年間軟禁状態にされた。その際のゴタゴタや、夫である国王ジークハルトの事情により二人がまだ閨を共にしていない事実は、王宮では公然の秘密となっている。そのため、すっかりお飾りの王妃だと認識されているのだ。

公務もあまり割り振られていない。暇を持て余したロイスリーネは、堅苦しい王妃生活のストレス解消も兼ねてここで働いているのである。

もっとも、ロイスリーネが公務を少しずつ増やしていき、国王と一緒にいることが多くなってきているおかげで、最近の王宮では「お飾り王妃」という認識は少しずつ改まっている。

「おい、聞いているのか？　いいから酒を出せ！　休み時間が終わっちまう！」

耳障りな声に、ロイスリーネの思考が目の前の軍人に引き戻される。内心ため息をつきながらロイスリーネは答えた。

「ですから、何度も言うように、決まりですからこの時間にお酒は出せません。夜の営業時間に改めてお越しください」

そろそろ笑顔を保っているのも辛くなってきたロイスリーネは、「排除もやむなし」と決断を下す。

「お前じゃ埒があかねぇ！　おい、店長を出せ！」

大声を出す目の前の軍人を見上げながらロイスリーネが『影』たちに排除の合図を送ろうと手を上げかけた時だった。よく通る声が店の中に響く。

「ちょいと軍人さん、うちの看板娘に絡むのはよしておくれ」

声のした方に顔を向ければ、店の女将と、彼女の夫の料理人が厨房から出てきたところだった。

「リグイラさん。キーツさん」

リグイラの手にはいつも使っているお盆があり、キーツの手には肉叩きが握られている。いかにも騒ぎに気づいて仕事を中断してきましたといった様相だ。けれど、彼らが手にしている一見普通の調理道具がその気になったとたん恐るべき凶器に変わることをロイスリーネは知っている。

――リグイラさんこそ、『影』たちを束ねる情報部第八部隊の部隊長で、キーツさんは副隊長なのよね。

彼らの戦う姿を実際に見たことのあるロイスリーネですら、最初は信じられなかったのだから、ボンクラ軍人にどこから見ても普通の中年夫婦に見える彼らの本当の実力が見抜けるはずもない。

おそらく一瞬の間に勝負はつくだろう。

「お前たちが店の経営者か？　ちょうどいい、客である俺が酒を欲しいと言っているんだ。まさか断るだなんて言わないよな？」

軍人の男がさっそく圧力をかけてくる。手慣れた様子なので、今までもあちこちで似たようなことを繰り返していたのだろう。

「悪いね、軍人さん、うちではお酒の取り扱いはしていないんだ。何と言われようと出すわけにはいかないね」

臆した様子もなくリグイラは言うと、ロイスリーネに笑いかける。

《心配しなさんな、リーネ。すぐに援軍が来るからね》

耳元でリグイラの声がした。どういう方法なのか分からないが『影』たちは音に出さず相手に声を届ける技能を持っているらしく、時々こうしてこっそり伝えてくれるのだ。

──援軍？　どういうことかしら？

首を傾げるリーネの耳に激昂した軍人の声が響き渡る。

「なんだと！　俺の言うことが聞けないっていうのか！」

軍人の男は腹いせに近くにあった無人の椅子を蹴飛ばして、摑みかかろうと踏み出す。

「きゃ！」

飛んできた椅子にぶつかりそうになって慌てて横に避けたロイスリーネの身体が、偶然にも軍人の前に出てしまったのは、一体どういう神のいたずらだろうか。

「リーネ！」

リグイラたちはぎょっとしたし、ロイスリーネ本人も目を剝いた。

──まずい！　せっかくリグイラさんたちが気を逸らしてくれたのに！

「ちっ、どけ！　邪魔すんな！」

苛立たしげに男が手を振り上げた──その次の瞬間。

「どくのはお前だ」

声とともに背後から伸びてきた手が軍人の腕を摑んだ。

「なっ……⁉」

驚いた軍人は、けれど振り返る間もなく捕まれた腕を後ろ手に回されて動きを封じられる。もがこうとしても拘束はまったく緩まず、カッとなった男はなんとか首を後ろに捻って怒鳴った。

「てめえ、俺にこんなことをしてただですむと……あ？」

恫喝しようとした軍人の声が途切れる。なぜなら自分を背後から拘束している男のフロックコートや首元から覗いているのが、地位が高い将校たちが身に着けている軍服だということに気づいたからだ。

男の顔がさぁと青ざめる。自分が太刀打ちできる相手ではないと悟ったのだろう。

「カインさん」

ロイスリーネは安堵の笑みを浮かべた。男を拘束しているのは店の常連客だった。

――そうか。リグイラさんが言っていた援軍というのはカインさんのことだったのね。

これは一部の者だけしか知らないことだが、カイン・リューベックという人物は本当には存在しない。

その正体はルベイラ国王ジークハルトその人だ。カインはジークハルトが自由に動けるようにと作られた架空の人物で、髪と目の色も変えている。

「大丈夫か、リーネ。けがは？」

観念した男の両腕を後ろ手にひとまとめにしながら、カインが声をかける。

「大丈夫です。カインさんが助けてくれたので、かすり傷一つありません」

返答を聞いて安心したように微笑んだカインだったが、すぐに真顔になって男に告げた。

「軍では勤務時間中に酒を飲むことを禁止している。その規則を破ろうとしたばかりか、店に酒を出すように強要するとは。それ相応の罰を覚悟するんだな」

その声はとても冷ややかだ。

「お、お許しください！　つい出来心で。そ、それにまだ酒は飲んでおりませんっ」

男はみっともなく言い逃れしようとしている。だがもちろんそんなことが許されるはずがない。

「いでででっ」

カインは後ろ手に回した腕をぐいっとねじり上げた。

「呆れた言い訳だな。勤務中に飲もうとしたこと、店に強要したことが問題なんだ。その上、リーネに暴力を振るおうとしたな。俺の恋人に」

「こ、恋人？」

「恋人……」

反芻するように呟いたのは男とリーネだった。同じ単語だったが、そこに含まれている声音と感情は天と地ほど異なっている。

男が驚きとともに恐れを抱いて口にしたのに対し、ロイスリーネは恥ずかしさとこそばゆさを含んだ口調だった。

そう。半月ほど前から「カイン」は「リーネ」の恋人だ。

夫婦なのだから今さら恋人も何もないのだが、ジークハルトとロイスリーネにとっては違う。ついこの間気持ちが通じ合ったばかりのできたてホヤホヤな恋人同士なのだ。

——国王と王妃でいる時は気軽に会うこともできない立場だから、せめて『緑葉亭』にいる間は……ということになったのよね。だから間違っていないんだけど、皆の前で公言されるとさすがにちょっと恥ずかしいものがあるわね。

実はジークハルトとしては、「リーネ」目当てで店に通っている男たちへの牽制のために恋人同士になったことを公にしたのだが、そんな理由だとは露ほども思っていないロイスリーネだった。

ちなみに今店にいる常連客に二人の仲はすでに報告済みなので、この発言に驚く者はおらず、「ヒューヒュー」「熱いねぇ」「いいぞ、カイン坊や！」などと囃し立てる始末だ。

「カイン、助かったよ。あたしらが出ると角が立つかもしれなかったからね」

リグイラがカインと男に近づきながら声をかける。

「こちらこそ軍の者が迷惑かけてすまなかった。つい先日も、他の店から苦情が出ていたんだ。おそらくそれもこいつの仕業だろう。まったく、軍の規律に違反するばかりか、市民にまで迷惑をかけるとは」

「いでででで！」

カインは後ろに回した男の手をさらに締め上げながらリグイラに言った。

「女将、俺はこいつを軍の駐屯所に届けてくる。すまないが……」

「もちろん、営業時間が過ぎようがあんたの分は必ず取っておくさ。いつもの定食でいいんだろう？」

にかっと笑うリグイラに、カインは顔を綻ばせた。

「助かる。じゃあ、行ってくる」

男を引きずったままカインが戸口に向かおうとした時だった。

「あ、軍人さん、少しお待ちになって」

鈴を鳴らしたような声がカインを引き止める。驚いた店の客たちは一斉に声の主を振り返った。

視線の先には向かいあって座っている二人組の女性客がいた。声をかけてきたのはそのうちの一人、黒髪の女性の方だ。外見は二十代後半、もしくは三十代前半といったところだろうか。けれど、落ち着き払って——しかも微笑すら浮かべて周囲の驚くような視線を受け止めている様子は、もっと年上のようにも見える。

一方、彼女の向かいに座る少女はどう見積もっても十五、六歳の少女にしか見えなかった。ミルクティー色をしたふわふわの髪に大きな水色の瞳を持つ、可愛らしい少女だ。

そして皆の視線を受けながら椅子から立ち上がったのは、その少女の方だった。彼女はトコトコとカインたち……いや、カインに掴まれている男の傍に近寄ってくると、手を伸ばして彼の首元をさっと払う仕草をしながら言った。

「あ、あの、大きなゴミがついていましたよ！」

「は？　ゴミ？」

男は虚を衝かれたような顔になる。何事かと見守っていた客たちも同様だ。だが、少女の素性を知っているロイスリーネや『影』たちの反応は違った。

──あら、もしかして、あの軍人って……。

「わざわざすまないな」

カインは神妙(しんみょう)な口調で少女に礼を言うと、改めて戸口に向かう。ロイスリーネは走り寄ると、カインたちが通れるように扉(とびら)を開けた。

「カインさん、いってらっしゃい。気をつけて」

「ありがとう、リーネ」

小さな笑みがカインの口元に浮かぶ。けれど、すぐに真顔に戻ると「ほら、ちゃんと歩け」と嫌(いや)がる男を強引(ごういん)に引きずって出ていった。

軍の駐屯所の方に向かっていく二人の姿を見送っていると、店の中からリグイラの声がかかる。

「リーネ。B定食ができたよ。二番テーブルに運んでおくれ」

「は、はい！　すぐに行きます」

我に返ったロイスリーネは活(かつ)を入れるように自分の頬(ほお)をパンと叩(たた)いて店の中に戻っていった。

昼の営業時間を終え、最後の客を送り出す。

「ごちそうさん、リーネちゃん」

「ありがとうございました！　またのお越しをお待ちしております～」

客の姿が見えなくなると「休憩中」の看板を下げ、ロイスリーネは店の中に入っていった。

例の女性客二人をはじめ、店の中にはまだ常連客の姿があったが、残っているのは第八部隊のメンバーばかりだ。その中にはついさっき駐屯所から戻ってきたカインの姿もある。

「お疲れ様、リーネ。ご飯を食べな」

気を利かせたのか、リグイラがカインの向かいの席にまかないが乗ったお盆を置く。ちなみにカインも食事中だ。

今日のまかないは野菜のあんかけが乗ったホロホロ鳥の素揚げに、ミルクを使った栄養たっぷりのスープ。それに加えて香ばしいライ麦パンの香りが食欲を刺激する。

ロイスリーネの顔に喜色が浮かぶ。

「いただきまーす！」

――ああ、美味しいっ。キーツさんの料理はいつだって最高だわ！

王宮ではまず食べられないできたて熱々の食事を、満面の笑みを浮かべながら口に入れていく。食べることに夢中なロイスリーネは、その様子をカインが食事の手を止めて微笑みながら見守っていることに気づかなかった。そしてそんな二人を温かい目で、あるいはニヤニヤと笑いながら見つめる複数の目にも。

「ごちそう様。美味しかったです！」

食事を終えたロイスリーネは満面の笑みを浮かべながら立ち上がる。自分の食器と、ついでにカインの食器を片づけて戻ってきたところで、カインが改めて口を開いた。

「さっきの男なんだが、意外なことが分かった」

「あいつ、先月までは、王宮で門の警備を担当する部署に所属していたらしいぞ」

カインの横から口を挟んだのは『影』の一員であるゲールで、今日はジークハルトの護衛をしていたようだ。

――あれ？　そういえばマイクさんを最近見かけないわね。

マイクも『影』の一員で、表向きの仕事は近くの織物工場の機械工。ゲールとは同期で、表向きの職場も同じなので、『影』としてチームを組むことも多いのだという。

――でもここ十日ほどはゲールさんしか見かけない気がするわ。またリグイラさんの命令でどこかに派遣されているのかもしれない。

二人が調査のため店に来なくなることは珍しくなかったため、この時ロイスリーネはいつものこととあまり気にしなかった。

「いわゆる門番ってやつだね。勤続年数も長く、それなりに責任のある地位についていた。ところが、勤務中に飲酒していたことが発覚して左遷。王宮勤務も外されて、今は駐屯所の一室で書類整理をやらされているそうだ」

「……というのは表向きの理由でな」

苦々しい口調でカインが付け加えた。口調だけではなく、苦虫を噛み潰したような顔をしている。

「今回のことで気になってゲールに調べてもらったら、あいつがしでかしたのは酒のことだけじゃないことが判明した。賄賂を受け取って通行許可のない連中を王宮内に引き入れていたんだ。その連中というのが、例の偽聖女イレーナとその取り巻きだ」

「……ああ、なるほど、そういうわけかい」

リグイラが納得したように頷いた。

イレーナは王都にあるファミリア神殿の神殿長として赴任したガイウスが連れてきた聖女だ。ガイウスと共に赴任の挨拶に訪れたイレーナは、謁見の場でジークハルトに一目ぼれして、用もないのに取り巻き連中を連れて押しかけてくるようになった。

本来、王宮の門を通行するには許可が必要で、高位貴族であっても用がない限り簡単に入ることは許されない。それなのに、イレーナたちは自分に心酔している貴族たちに許可を出させて毎日のように王宮にやってきてはジークハルトに近づこうとしたのだ。

――あまりに陛下の公務の邪魔をするものだから、宰相のカーティスが「正当な理由がない者に出入りを許可してはならない」と各部署や貴族たちに通達したんだったわよね。

それでもイレーナたちは王宮に何度もやってきて……。もしかして、あれって門番に賄賂を贈って買収していたってこと？

王宮全体のセキュリティにも関わる重大な問題だ。どうりでカインが苦々しい表情をしているわけである。

「門番が買収されているなんて、王宮に侵入され放題だったわけだ。兵士の質も落ちたもんだね」

やれやれと首を横に数回振ると、リグイラはカインを見た。

「でも、それだけのことをしでかして左遷だけですんだっていうのは気になるね。普通はクビか地下牢行きじゃないか？　……もしかしてあの男、どこかの貴族出身かい？」

その問いに答えたのはゲールだった。

「部隊長、大当たりだ。貴族っていうか、父親が準男爵らしい。先々代の国王陛下の時代に武功を立てて叙爵したっていう話で、かなりの年齢だろうに、未だに健在らしいっすよ」

準男爵というのは一代限りの貴族だ。子どもに爵位は引き継がれず、叙爵された本人が亡くなれば爵位は国に返還されることになっている。

そのため、準男爵の家族は厳密には貴族ではないのだが、父親が生きている限りは貴族扱いという、ややこしいことになっている。

「武功を立てて爵位をもらったってことは、その父親は軍にそれなりの影響力があったってことだね。だから左遷だけですんだってことか」

「その通り。直属の上司が奴の親父さんに世話になっていたらしく、頼まれてもいないのに忖度したっぽい。上に報告を挙げずに表向きは飲酒を理由にして、内々で処分したようなんですよ」

「偽聖女のことだけでなく余罪もありそうだから、ベルハイン将軍に連絡して尋問するように手配してきた。将軍も腹を立てていたから、厳しく追及してくれるだろう。……まったく、軍の規律をもう一度改めさせないとだめだな」

カインは深いため息をついた。

ルベイラ軍の実際のトップはベルハイン将軍だが、国王であるジークハルトも一応元帥という名目上最上の地位にいるため、無視できない事案なのだ。

──確かに頭の痛い案件だけど、あの軍人が店で問題を起こさなければ闇に葬られたかもしれない事実が分かったのだから、全体的に見れば悪いことではないわよね……？

とそこまで考えたロイスリーネはふと男が店を出た時のことを思い出した。

「そういえばミルファ。あの男が店を出る時にゴミがついていたって触れていたわよね。もしかしてあの男の人、呪われていたとか？」

奥の席で座っている女性二人組のうち、ミルクティー色の髪をした少女が「はい」と頷いた。

「首に細くて黒い糸が巻きついていました。それほど強い呪いではないのですが、気になってしまって……」

少女の名前はミルファ。大きな目が特徴の可愛らしい顔だちの女の子で、ピンクのワンピースにチュニックを羽織った姿はどこから見ても普通の街娘にしか見えない。が、実は彼女はファミリア神殿に所属しているれっきとした聖女で『解呪』の祝福を持っている。

「呪いといっても魔法によるものではないわね。人による負の感情が寄り集まった障りのようなものだと思うわ。でも遠くないうちに完全な呪いになっていたでしょう。よほど周囲の恨みを買っているようね、あの人」

補足したのはミルファの向かいに座る黒髪の妙齢の女性だ。

「自業自得みたいだから放置してもよかったのだけれど、呪いがもっと大きくなれば周りにも悪い影響を与えるので、ミルファに祓ってもらったの」

言いながら女性はにっこりと笑う。女性もまた『解呪』のギフトを持った魔女であり、その笑顔も顔だちもよくよく見ればロイスリーネとよく似ているのが分かる。

だが、似ているのは当たり前なのだ。なぜなら、彼女はロイスリーネの母親にしてロウワン国の王妃なのだから。

女性の名前はローゼリア。当時は王太子だった現ロウワン国王に見初められ、平民から王妃になった女性だ。

ロウワン国はなぜか他国に比べて魔法使いやギフト持ちの女性が多く誕生する。小国に過ぎないロウワンに周辺諸国からひっきりなしに要人が訪れるのは、高名な『解呪の魔女』であるローゼリアの存在があるからだった。

そのロウワンの宝とも呼ばれるローゼリアがなぜルベイラにお忍びで滞在しているのかと言えば、その『ギフト』が大いに関係している。

「神の贈り物」と呼ばれている特殊能力は、魔法とは違って修行すれば身につくたぐいのものではない。ギフトを持って生まれた人間だけが扱える奇跡の力なのである。

不思議なことにギフトを持つのは女性のみ。『癒し』の力が使えたり、他人の能力を測ることができたり、未来を予言できる特殊な能力を持った彼女たちのことを、人々は『聖女』あるいは『魔女』と呼んで尊んでいる。

『聖女』と『魔女』に明確な違いはなく、慣習で神殿に所属しているギフト持ちを『聖女』、神殿に所属していないギフト持ちを『魔女』と呼ぶことが多い。

ミルファとローゼリアが同じ『解呪』のギフトを持っていながら『解呪の聖女』『解呪の魔女』と呼ばれているのはそのせいだ。

「でも、せっかくミルファに祓ってもらったけれど、あの軍人さんの性格ではまた恨みを買って呪われそうな気がするわね」

「……私たちがしたことは余計なことだったのでしょうか、ローゼリア様」

シュンとなるミルファに、ローゼリアはにっこりと笑顔を向けた。

「いいえ。ああいうタイプは一度痛い目に遭わせておいた方が後々のためにも良かったと思うわ。けれど、どうせもうあの人に先はないでしょう。……ですわよね？　ルベイラ軍は今度こそ忖度なくきっちり罰を与えてくださるでしょう？」

後半はカイン……いや、ジークハルトに笑顔と言葉を向けるローゼリア。ジークハルトは神妙な顔つきで答えた。

「……もちろんです、厳重に処分いたします」

──お母様ったら、相変わらず容赦ない。『慈悲深く聡明なロウワン王妃』の評判が台無しだわ。

「見ろよ、笑顔で毒吐いてるぞ」

「……やっぱりリーネちゃんの母親だな」

「ああ。笑顔の圧が同じだ。外見だけじゃなくて中身まで似ているなんて」

常連客の囁き合いが聞こえてきたが、ロイスリーネはまるっと無視することにした。

「ところで、お母様たちはどうしてここへ？　会えて嬉しいけれど、いきなり来るからびっくりしたわ」

ミルファは聖女なので普段はファミリア神殿の奥で暮らし、めったに人前に出ることはない。それは客人として神殿に世話になっているローゼリアも同じだ。

なのに今日は護衛の神殿騎士も連れずに街娘のような姿で店にふらりと現れたのだから、ロイスリーネでなくとも驚くだろう。

「今日はですね、ローゼリア様がリーネさんの働いている『緑葉亭』に行ってみたいと仰るので、報告ついでにちょっと神殿を抜けてきたんです」

「抜けてきたって……」

ニコニコ笑いながら言うミルファにロイスリーネは絶句する。人のことは言えないが、簡単に抜け出してしまっていいものだろうか。聖女が。

「まさかお母様が唆したのでは……」

ロイスリーネは疑いの目で母親を見つめた。

何を隠そう、ローゼリアはお忍びの達人だ。ロウワンでも、王妃として忙しいくせに公務の合間をぬってするりと城を抜け出していた。

歳を取ったこともあり（本人談）、最近は控えているようだが、ロイスリーネが子どもの頃はよく母親に連れられて街に出ていたものだ。

――今から思うとお母様ったら、一国の王妃の自覚が足りないわよね。

自分のことは棚に上げてそんなことを考えるロイスリーネだった。侍女のエマがここにいたら「やっぱり母娘ですね」と嫌味まじりに言っていただろう。が、あいにくとエマは王宮のロイスリーネの部屋で留守番中だ。

娘にうろんな目で見つめられ、ローゼリアはにっこりと笑い返す。

「あら、ちゃんとロレインに許可はもらってきたわよ？」

「ロレインおば様に許可を取ってどうするんですか……。おば様だって客人の立場でしょうに」

ローゼリアの従妹のロレインは、祖国ロウワンのファミリア神殿に所属する聖女だ。『鑑定』のギフトを持つ彼女は神殿からめったに出ない他の聖女たちとは違い、他国のファミリア神殿の要請であちこちに出向いている。

何しろ『鑑定』はギフト持ちを判定できる唯一のギフトなのだ。彼女の他にも『鑑定』のギフトを持っている聖女は何人かいるが、その中でもっとも強い力を持ち、実績もあるロレインには大陸中から『鑑定』の依頼が絶えない。

当然顔も広いので、どの国に行ってもロレインは大歓迎される。それはルベイラでも例外ではなく、前回の騒動で混乱が続いている神殿の手伝いをするため、ローゼリアと共に滞在を続けていた。

「あ、あの、もちろん、神官長様の許可も得ています」

ミルファが慌てて口を挟んだ。

「ここまでも神殿騎士の方に送ってもらって、全然危険はなかったですし」

神殿騎士たちは店に入らず、外の目立たないところで待機しているらしい。

「騎士たちを待たせているので、あまり長居はできないんですけど……私も皆さんにお会いしたかったので、ローゼリア様にかこつけて来ちゃいました。あれから半月しか経っていないのに、すごく懐かしい気がします」

ついこの間までミルファは『緑葉亭』でウェイトレスとして働いていたのだ。

なぜ聖女であるミルファがこの店で働いていたのかというと、ガイウス神殿長と聖女イレーナによって偽聖女として神殿を追放されてしまったからだ。

今はガイウス神殿長と偽聖女イレーネが捕まり、魅了で操られていた者たちも元に戻ったため、ミルファは聖女として神殿で暮らしている。

懐かしそうに店内を見回すミルファに、リグイラが微笑んだ。

「うちらはいつも変わらないさ。あんたが元気そうでよかったよ、ミルファ。神殿の方もだいぶ落ち着いてきたって話じゃないか」

「はい。魅了術で操られていた人たちは全員『解呪』できましたし、落ち込んでいた神官長様も今は調子を取り戻しているようです。神殿の業務の方も通常に戻りつつあります。あ、そう。それに、報告することがあるんです。ジョセフ神殿長が大神殿での業務を終えて帰ってきてくださることになったんです！」

「まぁ、ジョセフ神殿長がようやく！　よかったわ」

ジョセフ神殿長はガイウスの前に神殿長の役職についていた人物だ。

神殿長というのは地区にあるすべてのファミリア神殿を統括する役職のことで、ルベイラほどの規模の大きい地区を任されるということは、それだけ大神殿内で高い地位にいることを物語っている。

実際、ジョセフ神殿長は枢機卿だ。枢機卿というのはファミリア神殿の頂点に立つ教皇を補佐する役職で、次の教皇を選出するメンバーの一人でもあった。

先日起きたとある事件により、新しい教皇が選出される運びとなり、ジョセフ神殿長はルベイラを離れなければならなくなってしまったのだ。

――その後任として派遣されてきたのが、ガイウス神殿長と聖女イレーナだったのよね。まぁ、実は後任といってもガイウス神殿長はジョセフ神殿長が戻ってくるまでの間、臨時で役職についていたに過ぎなかったみたいだけど。

新しい教皇も決まり、大神殿のゴタゴタも少しは解消されたということで、ようやくジョセフ神殿長が戻ってこられる状態になったようだ。

「俺もその連絡は受け取っている。ジョセフ神殿長には審問官の派遣の件でも世話になったから、礼を言わないとな。……まぁ、あんな形になったが」

カインがほんの少し遠い目をして呟く。この反応は、ある意味当然だろう。

――審問官、かぁ。

ロイスリーネは一度だけ見たことがある審問官ディーザのことを思い出し、遠い目になった。

審問官というのはファミリア大神殿の内部監査機関に所属する神官のことを指す。

ファミリア神殿に限らずどの神を祀る神殿も、国の政治とは関わらない代わりに王権による干渉も受け付けないという暗黙のルールがあった。

たとえばルベイラで神官が罪を犯しても、国王であるジークハルトが直接罰することはできない。神殿の者を罰することができるのは、神殿内部の特別な権限を持った者たちだけ。

それが大神殿の内部監査室に所属する審問官というわけだ。彼らは神殿内部で起きたことの調査や処罰をその権限によって単独で行うことができる。

半月前、ロイスリーネたちはミルファの協力もあってガイウス神殿長や聖女イレーナを捕縛することができた。

ところが突然やってきた審問官ディーザが横からかっさらうようにガイウスたちを連れていってしまったのである。

ジークハルトとロイスリーネは割り切れないものを感じながら、不干渉のルールのせいでそれを黙認せざるを得なかった。

「まぁ、どういった処分になったのかくらいはジョセフ神殿長経由で教えてもらえるだろう……きっと」

自分を納得させるように呟くジークハルトに、ロイスリーネも頷いた。

「そう、ですよね」

二人とも腑に落ちない結末に無理矢理折り合いをつけていたため、審問官の話題が出たとたん、リグイラの表情が曇ったことに気づかなかった。

「ところでロイスリーネ」

「はい？」

母親の声に、ロイスリーネは審問官のことを頭の隅に追いやった。

「ジョセフ神殿長の戻ってくる目途が立ったから、ロレインもようやく時間が取れそうなの。私もロウワン国に戻らなければならないわ。いつまでも静養中でごまかすわけにはいかないものね。そろそろ本題を話し合う頃ではないかしら？」

ローゼリアは言葉をいったん切り、思わせぶりにロイスリーネとジークハルトに視線を向ける。

「私がルベイラに来た理由。もちろん、忘れていないわよね？」

ロイスリーネはジークハルトと視線を交わし、それからローゼリアに向かって大きく頷いた。

「はい。もちろんです」

店を出ると、ちょうどファミリア神殿の鐘が鳴り始める。午後三時を告げる鐘だ。王宮を除けば一番高い塔を持つファミリア神殿の鐘は、王都中のどこでも聞くことができる。

「じゃあ、また明日ね」

ローゼリアはそう言って、ミルファを伴って神殿の方角に消えていく。彼女たちの後ろからつかず離れずついている人影は、私服の神殿騎士たちだろう。

「リーネ。隠れ家まで送るよ」

カインがスッと手を差し伸べながら言った。

「は、はい。ありがとうございます。カインさん」

はにかみながらそっと手を預けると、すぐさま温かな手のひらにぎゅっと包まれる。

「さぁ、行こう」

「二人とも、気をつけて帰るんだよ」

リグイラの声を背に二人は手を繋いだまま歩き始めた。

――なんか最近、カインさんと歩く時はいつも手を繋いでいるわ。まるで恋人同士みた

い……って、私たち恋人だったわ！

一人脳内でノリ突っ込みをしているロイスリーネの頬は赤い。そして気のせいでなければ、カインの耳もほんのり赤く染まっている。

それを見ていると彼も決して意識していないわけではないのだと安堵すると同時に、少しこそばゆくなった。どうもそわそわしてしまう。

なにぶん、恋愛初心者だ。こういう時はどうしたらいいのか皆目見当がつかない。でもそれはジークハルトも同じだった。十六歳からずっと国王として責務を果たすことだけを考えてきた彼に、恋愛のやり方など学ぶ余裕はなかった。

そうしてできあがったのが、恋愛初心者同士という初々しいカップルだ。

『くっついたらくっついたで、なんとももどかしい二人だな』

『夫婦のくせに手を繋ぐのが精一杯だもんな。世継ぎの誕生なんていつになることやら……』

警護にあたる『影』たちが密かに気を揉んでいることを、二人は知らない。

「いよいよ明日だな」

歩きながらカインが呟く。

「そうですね。明日、いよいよお母様から話を聞けるんですね」

早い方がいいだろうということで、ローゼリアと話すのは明日に決まった。場所は『緑葉亭』だ。

「……一体何が聞けるんでしょうね。少し、怖いです」

ローゼリアがお忍びという形を取ってまでルベイラにやってきた理由。それはロイスリーネのギフトのためだ。

奇跡の力、神の贈り物とされるギフトだが、今までの長い研究の結果、魔力と違って子どもに遺伝しないことが分かっている。

ギフト持ちだからといって、その子どもはギフト持ちにはなれない。どこにギフト持ちが生まれるのかも分からない。だからこそギフト持ちは希少な存在として重宝されているのだ。

ただし、例外が一つだけある。それがローゼリアの家系だ。なぜかローゼリアの母方の家系の女児は、ギフトを持って生まれてくることが多かった。

現にロイスリーネの姉リンダローネは、『豊穣』というギフト持ちだ。ローゼリアの従妹のロレインは『鑑定』のギフトを持つ聖女で、そのロレインの母親は『癒しの聖女』として有名だった。ロイスリーネの祖母、つまりローゼリアの母親もそのまた母親もギフト持ちだったという話だ。

それにもかかわらずロイスリーネは何のギフトも持たずに生まれた。

——ギフトを持たずに生まれたことで期待外れ扱いされ続け、ないものは仕方ないと諦め半分で開き直って生きてきたのに……。まさか、ルベイラに来てから実はギフトを持っていたことが分かるなんて。

ロイスリーネの持つギフトは『還元』という過去に例がないものだった。『還元』は魔法であろうとそれが物理的な武器であろうとなかったことにしてしまう力で、現にロイスリーネは自分に向けられた攻撃が無効化したところを何度も目撃している。

ギフトは生まれ持っているもの。後天性はまずありえない。つまり、最初からロイスリーネはギフト持ちとして生まれていたのだ。

それがどうしてギフトがないとされていたのか。

理由が知りたくてロイスリーネはロウワンにいる母親に手紙を書いたのだ。自分のギフトのことが知りたいと。

これに応える形で、ローゼリアはわざわざルベイラまで足を運んでくれた。『鑑定の聖女』、ロレインを伴って。

――それだけ、私のギフトについて重要なことが隠されているってことよね。……知りたかったはずなのに、いざとなったら聞くのが怖いと思ってしまう。

「私から知りたいって言ったのに、この後に及んで尻込みするなんて……私ってだめですね」

自嘲を浮かべると、繋いでいる手にぎゅっと力が加わった。

「だめだなんてことはない。不安に思って当然だ。いくらでも弱音を吐いていいんだ。何がどうなろうとも、俺は君の傍にいるから」

「カインさん……」

——そうだわ。何を聞かされることになろうとも、陛下が傍にいてくれるならきっと乗り越えていける。

温かな手をぎゅっと握り返しながらロイスリーネはカインに笑顔を向けた。

「ありがとうございます、陛下。私は大丈夫です。だって陛下がいてくれますもの」

「そ、そうか」

カインが照れくさそうに笑う。自分から「傍にいる」と言っておいて、いざロイスリーネに同じ言葉を返されると恥ずかしくなるようだ。

——ふふ。ジークハルト陛下の時には絶対見られない表情よね。今はまだカインさんの時限定だけど、いつか、陛下がこんなふうに笑う場面が見れたらいいな。

二人は互いに恥ずかしそうに微笑み合いながら、手を繋いで隠れ家に向かって歩いていった。

仲睦まじい様子で帰っていく二人を微笑ましげに見送っていたリグイラだったが、姿が消えたとたん、表情を曇らせる。

「さすがにそろそろ陛下に報告するべきなんだろうね……」

部下であるマイクからの定期連絡が、もう三日も途絶えている。

半月ほど前、リグイラは突然現れてガイウス元神殿長と偽聖女イレーナを連れていってしまった審問官たち一行の動向を監視するため、マイクに跡をつけさせたのだ。

目的はあくまで偵察だ。そして何事もなく一行は神聖メイナース王国に向かっているとの報告を受けていた。……三日前までは。

「あいつはいい加減そうに見えるが連絡を怠るようなやつじゃない。十中八九何かあったんだ。……もしかして、もう」

「生きてるさ。あいつはしぶといんだ。連絡が取れない状況になっているだけだ」

いつの間にか横にいた夫のキーツが、リグイラの肩を励ますように叩いた。

「……そうだね。殺そうとしても死にそうにないくらいマイクはしぶといんだから」

リグイラは小さく笑うと、感傷を振り切るように頭を振った。

「陛下に報告しよう。そのついでに今陛下の護衛についているゲールを調査に向かわせる。王都で報告を待つよりあいつも自分で動きたいだろうからね」

「ああ、そうしてやんな」

「リーネと陛下の護衛のスケジュールも組み直さないと」

ゲールが抜けた穴を埋めるための配置変換をあれこれ考えながら、リグイラとキーツは店の中に戻っていった。

けれど、店の準備に追われながらも、二人の顔色が晴れることはなかった。

第二章

お飾り王妃のギフト

その日の夜、寝室でロイスリーネは膝の上に載せたうさぎを存分に愛でていた。

「この可愛くてちっちゃな前足は誰のものかしら？　答えはうーちゃんです」

うさぎの前足を手のひらに載せて親指で撫でながらロイスリーネは甘い口調で言った。

「そしてこの細長くてしなやかな後ろ足は誰のものでしょう？　答えはうーちゃんです」

後ろ足を指で撫でながら質問をして自分でその答えを告げる。その間うさぎは大人しくロイスリーネに撫でられるままだ。

「このピンと伸びた耳は誰の耳でしょう？　もちろん世界一可愛いうーちゃんです！」

ロイスリーネはうさぎをさっと胸に抱きかかえると、耳と耳の間にチュとキスを落とした。うさぎはくすぐったそうにしているが、抵抗する気配はない。それどころか鼻をすびすび言わせながらまるでお返しとばかりにロイスリーネの顎に顔をこすりつける。

「うーちゃん、キスを返してくれているのね。ああ、なんて可愛いんでしょう！」

「……よくもまぁ、毎晩同じようなやり取りして飽きませんね」

天蓋のカーテンを下ろしながら呆れたように言ったのは、エマだ。

エマはロウワンの時からずっとロイスリーネに仕えてくれている侍女で、とてもしっかりした女性だ。ロイスリーネにとって、だめな時はちゃんと諫めてくれる、頼れる姉のような存在だった。

「うーちゃんを愛でるのに飽きるわけがないわ。うーちゃんは私の癒しだもの」

モフモフの毛を撫でながら反論すると、ロイスリーネの腕の中に収まったうさぎは気持ちよさそうに目を細める。

――あああ、可愛い！　食べちゃいたいくらい可愛い！

へろりと相好を崩したロイスリーネは、ぎゅっと抱きしめながらうさぎの首のあたりに鼻先を埋めた。

青灰色の毛並みに黒い瞳を持つこの小さなうさぎとロイスリーネが出会ったのは、軟禁されていた離宮でのことだった。夜になると王族だけが知る秘密の通路を通って寝室にやってくる可愛らしい友人にすっかり夢中になったロイスリーネは、いつしか一緒に寝るようになった。

それは離宮から本宮に戻った今も続いている。

――本当、うーちゃんは賢いわよね。本宮に越してもちゃんと私の寝室に間違えずに来てくれるんだから。

賢い以前に秘密の通路への扉はルベイラ王族の血筋にしか開けることができないのだが、その辺りの疑問に関してロイスリーネはまったく気にしたことがなかった。こと「うーちゃん」に関しては溺愛を通り越してすっかり視野が狭くなっている上に、自分という例外があったからだ。

ロイスリーネは、無意識に使っている『還元』のギフトのおかげで結界だの封印の魔法だのもただの魔力に変換してしまうため、どこでも出入り自由なのだ。

――秘密の扉にかかっている封印の魔法はきっと獣には無効なのね。そして本宮に移ってからもうーちゃんが私の部屋に迷わず来られるのは、動物の勘というやつよ。私も『勘』が鋭い方だから分かるの。

「うさぎを可愛がるのはいいですが、そろそろお休みになりませんと。明日も『緑葉亭』に行かれるのでしょう？」

カーテンを下ろし終えたエマが促す。

「分かってるわ。でもようやくお母様の話が聞けると思うと、気が逸って寝れるかどうか」

「仕事の後、王妃様と会われるのですよね。私もご一緒できれば王妃様にご挨拶できるのですが……残念です」

ほう、とエマは残念そうにため息をつく。

両親を亡くして孤児院に身を寄せるしかなかったエマを城に引き取ったのは、ロイスリーネの母ローゼリアだ。ロイスリーネの侍女になった後も何かと気にかけてくれるローゼリアのことをエマも慕っているので、会いたいという気持ちは当然のことだ。

「ごめんなさい、エマ。できればエマも連れていってお母様に会わせてあげたいけれど、急きょ決まったからリリーナ様に代役を頼むこともできなくて」

　ロイスリーネが『緑葉亭』に働きに出ている間、不在をごまかすために姉が贈ってくれたジェシー人形をエマが魔法で「王妃」に仕立て上げて身代わりにしている。そのため、エマはどうしても王宮に残らざるを得ないのだ。

　――リリーナ様に王妃に変身してもらえばエマも自由に動けるはずだけど……あの方に代役を頼むのは少し不安なのよね。

　リリーナはタリス公爵家の令嬢で、淑女としても完璧な女性なのだが……いかんせん好奇心が旺盛だ。

　公にはしていないがリリーナはいくつものシリーズを連載している人気作家で、いつも小説のネタを探している。そのせいか、面白いと思ったら色々なことに首を突っ込みたがる困った面があるのだ。

　つい数ヶ月前も王宮魔法使いのライナスに作ってもらった魔道具でロイスリーネに変身し、ターレス国から親善使節団としてやってきたセイラン王子とその恋人ララに対して

「悪役令嬢」を演じて追いつめていた。もちろんロイスリーネの姿でだ。

「分かっております、リーネ様。私は王宮で留守を預かっています。王妃様によろしくお伝えくださいませ」

エマは微笑んだ。賢い彼女は自分の役割をよく理解していた。

「ありがとう、エマ。伝えておくわ」

「さ、そろそろ灯りを消しましょう」

「そうね。うーちゃん、寝ましょうね」

ベッドにそっとうさぎを下ろすと、うさぎはピョンピョンとシーツの上を跳ねるように移動し、定位置である枕の横で丸くなった。

ロイスリーネは自分も横になりながら手を伸ばしてうさぎの背中を撫でる。

「おやすみなさい、リーネ様」

「おやすみ、エマ。うーちゃん」

エマが出ていくと同時に、寝室は闇に閉ざされる。ロイスリーネはうさぎの小さな呼吸音を聞きながら目を閉じた。

「気が逸って寝れるかどうか」などと言いながら、寝つきが異常にいいロイスリーネは数分後にはすっかり寝入っていた。

それからさらに数分後、ロイスリーネが寝入ったことを見届けたうさぎが頭を上げる。

（……心配することはなかったな）

ジークハルトは規則正しく寝息を立てるロイスリーネを見下ろして、安堵と呆れの入り交じった息を吐いた。

（昼間は少し怯えていたみたいだから、心配していたんだが……杞憂だったか）

実はうさぎの「ジーク」の正体はジークハルトその人だ。彼はルベイラ王家に伝わる呪いのせいで夜の間だけうさぎに変身してしまう。

その事実を知らないロイスリーネは、ジークハルトが『夜の神』の呪いで毎晩動けない状態になっているだけだと信じている。

騙しているのは気が引けたが、どうあってもジークハルトはロイスリーネに自分が「うーちゃん」であることを知られるわけにはいかなかった。

何しろうさぎなのをいいことにロイスリーネの胸にスリスリしたり、キスされたりキスしたりしているのだ。知られたら絶対に嫌われるだろう。ようやく積年の想いが叶って両想いになっただけに、それだけは何が何でも避けたかった。

幸いにもロイスリーネの『還元』の祝福のおかげで、ジークハルトの呪いは少しずつ軽減している。そのうちうさぎに変身しないで済むようになるだろう。

（呪いが解けるまでこの秘密は守り通してみせる）

新たに決心するジークハルトは、近いうちに自分の身に起こることを知る由もなかった。

昼の営業時間も過ぎ、「休憩中」の看板をかけた『緑葉亭』の中には、昨日とほぼ同じメンバーが顔を揃えていた。

違うのは、昨日は店に来ていた聖女ミルファとゲールの姿がないこと、それに代わるように『鑑定の聖女』ロレイン、宰相のカーティス、それに王宮魔法使いの長ライナスが加わったことだろうか。

ちなみにゲールの姿が見えないのは、リグイラからマイクが消息不明になっていると報告を受けたジークハルトの命で、ルベイラを離れて捜索に向かったからだ。

「お久しぶりでございます、ローゼリア王妃陛下。せっかくルベイラに来ていただいたというのに、ご挨拶が遅れて申し訳ありませんでした」

丁寧な口調でローゼリアに頭を下げているのは宰相のカーティスだ。

カーティスは女性的な容姿を持つ物腰柔らかな青年で、まだ若い身ながら大国ルベイラの宰相という地位についている。宰相に就任した当時は外見だけで彼を侮る者も多かったらしいが、腹黒なカーティスはそういう輩を一人残らず笑顔でやりこめて再起不能にしたという。

今では彼に喧嘩を売ろうとする者はおらず、近隣諸国にもルベイラにカーティス宰相ありと謳われるほどになっている。

「こうして直接顔を合わせるのは久しぶりですね、アルローネ侯爵」

ローゼリアがにこやかに応じた。

二人には面識がある。七年前、ジークハルトがロウワン国を訪れた時に、彼もお目付け役として付き添っていたし、四年前に縁談の使者として訪れたのもカーティスだ。

「今の私はお忍びの身ですから、どうかお気遣いなく。いつも娘がお世話になって、感謝しています」

「もったいないお言葉、ありがとうございます」

次にカーティスが視線を向けたのは、ローゼリアの隣に座っているロレインだった。

「『鑑定の聖女』ロレイン様。お初にお目にかかります。この国の宰相を務めているカーティス・アルローネと申します。このたびは私たちの要請に応じてくださってありがとうございました」

ロレインが微笑んだ。

「まぁ、ご丁寧にありがとうございます、宰相閣下。でも結局到着が遅くなって何にも力になれませんでしたわ。申し訳ありません」

ロウワンのファミリア神殿に所属している聖女であるロレインがルベイラに来た理由。それはロウワンの王族を通じてルベイラから『鑑定』の依頼があったからだ。

鑑定の対象はもちろん『解呪の聖女』を名乗っていたイレーナだ。

ロイスリーネたちはイレーナが偽聖女だということを証明しようと動いていたのだが、その作戦が失敗に終わったときのために、カーティスは早い段階で『鑑定の聖女』にルベイラに来てもらうよう手配していたのだ。

残念ながらと言うべきか、ロレインがルベイラに到着した時にはイレーナは『解呪』に失敗し、大勢の前で偽物だと示したも同然になっていた。

「いいえ、神殿の混乱がこれほど早く収束したのは、ロレイン様のお力あってのことだとうかがっております。ありがとうございました」

「ふふ、そう言ってもらえると少し気が楽になりますわ」

「国と神殿は不干渉がルールとはいえ、ファミリア神殿の混乱は国にとっても憂慮すべき事態でした。ロレイン様の功績は計り知れません。もし何かご要望があれば遠慮なく仰ってください」

「ありがとう、宰相閣下。でも聖女として当たり前のことをしただけです。お気持ちだけ受け取らせていただきますね」

欲がないロレインはあくまで聖女の仕事だと言い切る。カーティスは彼女の想いを汲(く)んで、それ以上踏み込むことはしなかった。

「そうですか。もし何か協力できることがあればいつでもお知らせください。できる限り善処させていただきたいと思います。それではまた」

そつなく答えると、カーティスは再び一礼してテーブルに戻っていった。

全員が席についたところで、ローゼリアが口を開く。

「今日は急な呼び立てにもかかわらず集まっていただいてありがとうございます。ロイスリーネ(娘)を嫁(よめ)に出してから、いつかはこうしてすべてを話す日が来るのではないかと思っておりました。予想していたよりも早かったですが、これも女神(めがみ)ファミリアのおぼしめしなのかもしれません」

ローゼリアは言葉を切ると、不意にロイスリーネに視線を向けた。

「最初に、ロイスリーネ、私はあなたに謝らなければなりません。ギフトを持たずに生まれたことであなたが辛(つら)い思いをしていることは知っていました。けれど、私はあなたのギフトを隠(かく)し通すことに決めて沈黙(ちんもく)を守ったのです」

「それは……」

　確かにロイスリーネは自分にギフトがないことを気にしていたし、陰で「期待外れの姫」と呼ばれていることを辛いと感じたこともある。けれどルベイラに来て、そういった過去があったからこそ今の自分があるのだということにロイスリーネは気づいたのだ。

　──「期待外れの姫」だからこそ、私は力を持つことの責任を負うこともなく自由でいられた。もしギフトがあることを自分も周囲も知っている中で育っていたら、きっと私は今の私じゃなかったと思う。同じようにルベイラに嫁いでいたとしても、肩に力を入れて「王妃様」をやっていて、『緑葉亭』で働くこともなかったでしょう。

　ロイスリーネは母親をまっすぐ見返しながら口を開いた。

「お母様、私は気にしていません……と言ったら嘘になるかもしれないけれど、少なくとも怒ったり恨んだりはしていないわ。だって、お母様は何か理由があって私のギフトを隠したのでしょう？」

　そう。ロイスリーネは母親のことをよく知っている。理由もなくそんなことをするはずがないのだ。

「……ありがとうロイスリーネ。これから話すことはきっとあなたには思いもよらないことだと思うわ。できれば一生隠し通してあなたに平穏な人生を歩んでほしかったのだけれど……悪しき獣の者たちがあなたの存在に気づいてしまった以上、沈黙はあなたのためにならないだろうと私もロレインも判断したの」

ローゼリアはロレインの方を向く。ロレインはローゼリアと目を合わせると、請け合ったとばかりに頷いた。

「これは『鑑定の聖女』である私の方から伝えるべきでしょう。ロイスリーネ、あなたにはギフトがあります。もうあなたも知っているであろう『還元』のギフト。そしてもう一つ、『神々の寵愛』というギフトが」

「……は？」

予想外のことを告げられてロイスリーネは目を丸くする。

「もう一つのギフト？　ギフトって一つじゃ……」

ギフトは一つしか宿らないと言われている。有史以来、二つもギフトを持つ人間は確認されていないからだ。

「そ、それに、『神々の寵愛』って、大戦の原因となった『女神の愛し子』のギフトじゃ……」

六百年前に起きた大陸中を巻き込んだ戦乱。その原因となったと言われているのが『女神の寵愛』というギフトを持った一人の女性だ。

女神の愛し子がいる土地は、神の加護のもと天災に見舞われることもなく、豊穣と繁栄が約束されると言われていた。現に女神の愛し子の生国は彼女が誕生して以来、天災もなく非常に豊かになったのだ。

けれど女神の愛し子と村人が幸せに過ごせたのも、彼女のギフトが世に知られるまでのことだった。女神の愛し子の恩恵を欲した強国によって生国は滅ぼされ、彼女は連れ去られた。

それを黙っていなかったのが、周辺国や各神殿の者たちだ。女神の恩恵を欲していたのは彼らも同じこと。

かくして瞬く間に大陸中の国々や宗教を巻き込んで、「女神の愛し子」の争奪戦が始まった。大戦と呼ばれるその戦いは、「女神の愛し子」が自害するまで続いたという。

――それと同じギフトを私が持っているってことなの……？

ロイスリーネはあんぐりと口を開けた。

「そう。六百年前の愛し子のギフトは『女神の寵愛』で、あなたは『神々の寵愛』という違いはあるけれど、性質は同じものだと思うわ。さしずめあなたは『神々の愛し子』といったところかしら」

ふふふとロレインは笑う。だが、ロイスリーネは笑うどころではない。

「ロレインおば様、笑っている場合じゃ……」

言いかけたロイスリーネは、ふと周囲の反応が気になって隣に座るカインや周囲に視線を巡らした。自分と同じようにさぞ驚いているだろうと思われたのに、カインは平静その

もので、それどころかロイスリーネを心配そうに見つめている。

カインだけではない。別のテーブルについているカーティスと王宮魔法使いのライナスも、リグイラや『影』たちも、驚いている様子はなかった。

「……陛下、もしかして陛下は私のもう一つのギフトとやらのことを知っていたのですか？」

「ああ、うん……その……」

視線を逸らし、カインは言いにくそうに答えた。

「ローゼリア様に聞かされて知っていた。ここにいる全員知っている」

つまりロイスリーネ以外は皆知っていたというわけである。

「知ってたなら教えてよ！」と、ロイスリーネは久々に地団駄を踏みたくなったが、ぐっとこらえた。

——たぶん、お母様が口止めしていたのね。

ロイスリーネは恨めしそうな目を母親とロレインに向けた。

「二つもギフトがあるなんて聞いたことがないわ。勘違いということはないんですか？」

「残念だけど、間違いないわ。『鑑定の聖女』の名にかけて確かよ」

ロレインがここまで言うからには勘違いというわけではないようだ。

——待って待って。さすがにこれは想像だにしなかったわ。私に二つのギフトがあって、それも、もう一つが『神々の寵愛』？　信じられない……！

「そもそも私、六百年前の女神の愛し子だって、実在しないものと思っていたわ」

大戦の原因となったと言われている『女神の愛し子』。だが、彼女は近年の研究で、実在しなかったのではないかとも言われている。

愛し子の生国も、彼女を略奪したかつての強国も今は滅びてしまい、彼女に関する文献が何一つ残っていないからだ。

口頭で言い伝えられているだけの伝説に等しい存在——それが『女神の愛し子』だ。

「『女神の愛し子』は実在していたわよ。でなければ私もローゼリアも、もちろんロイスリーネ、あなたも存在しなかったはずよ」

「へ？」

ポカンと口を開けたロイスリーネを見て、ローゼリアがにっこりと笑う。

「つまりね、ロイスリーネ。私の母方の家系は、その六百年前の『女神の愛し子』の直系の子孫なの」

「えええええ⁉」

ロイスリーネの仰天した声が店内に響き渡る。

「『女神の愛し子』の子孫？　子孫がいるなんて初耳ですが……」

カインが唖然として呟く。どうやらこのことは知らなかったようで、カインもカーティスもライナスも、『影』の皆も驚いているようだった。

「一族の女性にだけ伝えられてきたことでしたから。一族以外で知っているのは私の夫であるロウワン国王だけです。息子であっても、ヒューバートには伝えていないわ」

それからローゼリアはロイスリーネをまっすぐ見つめた。

「あなたのギフトを隠し通すことができるのであれば、それに越したことはないと思っていたわ。でも、どうやら事態は祖母の予言通りになりつつあるようね」

「祖母の予言通りって……？」

「そのことについてはまた後ほど説明するわ。まず、六百年前の『女神の愛し子』について、一族に伝わっている話をするわね。皆さんも聞いてください。すべては彼女から始まったのだから」

――『女神の愛し子』の名前はローレンという。

ローレンは六百年前、ルベイラより南にあった小さな国の農村に生まれた。村で過ごした彼女の幼少期はそれなりに幸せなものだったらしい。

村は裕福とは言えなかったが、ローレンの誕生以来、毎年あった洪水や飢饉がなくなり、生活は徐々に向上していった。

「でもそれが、ローレンのギフトによる恩恵だとは誰も思わなかったわ。だって彼女には何の自覚もなかったんですもの」

「ギフト持ちだったのに、その自覚がなかった？　それじゃまるで……」

私のようだと言いかけてロイスリーネは口ごもる。伝説の愛し子との共通点があまりにありすぎて、確かめるのが怖くなったのだ。

だがローゼリアは娘が口にできなかった言葉が分かるようで、あっさり頷いた。

「そうね。あなたと同じね、ロイスリーネ」

「ううう……」

「自覚がなかったからこそ、幸せだったということもあるのよ、ロイスリーネ。少なくともローレンはそうだった。ローレンは何も知らないまま成長し、幼馴染の男性と婚約したの。彼女は自分の幸せが、村人と過ごす日々がずっと続くと信じていた。けれど、十六歳になったある日、村はずれの森に出かけたローレンは『女神の御使い』と出会い、自分にギフトがあることを告げられた。『女神の寵愛』というギフトと、『還元』のギフトがあることを」

「待ってください、ローゼリア様。つまり、六百年前の『女神の愛し子』にも『還元』のギフトがあったと？」

血相を変えたカインが口を挟む。ローゼリアはゆっくりと頷いた。

「そういうことになるわね。『女神の御使い』は、ローレンにギフトがどういうものか教えてくれたそうよ。御使いが言うには、ギフトとは神の持つ権能の欠片を宿したものを指すのだそうよ」

「権能？」

「権能というのは神の持つ権力と、それを行使するための力のことよ。要するに神の力のほんの一部を授かったということね。それを私たちはギフトと呼び、御使いは権能と呼んでいる、そう解釈すればいいわ。ただ……御使いが言うには、ローレンの『還元』は他のギフトとは異なっていて、古い神々の権能の一つなのだと言われたそうよ。それ故に強力で、制御が難しいのだと」

「古い、神々の権能……？　まさか……」

カーティスが眉をひそめて呟いていたが、ロイスリーネの耳に入ることはなかった。

「御使いはローレンにこのまま村にいては危険だから、家族を連れて村を離れ、ルベイラかロウワンに向かうように告げたのだそうよ。でも、ローレンには、生まれ育った村を捨てることなどできなかった」

そして悲劇の幕が上がった。

ある日、村をファミリア神殿の一行が通りかかり、その中に『鑑定の聖女』がいたのだ。彼女はローレンに、『女神の寵愛』というギフトがあることに気づいて神殿と国に報告した。

「ローレンが生まれて以降、南の小国に天災は起こっておらず豊作続きだったのは、彼女のギフトの恩恵だったということが、ついに知られてしまったのよ。南の国の王は保護するという名目でローレンとその家族たちを村から連れ出して城に囲ってしまった。半ば軟禁状態だったとはいえ、南の国でのローレンの扱いはひどくなかったそうよ。家族や婚約者である幼馴染とも会うことが許されていたそうだから。……でも、皆が知っているようにローレンの悲劇はそれで終わりではなかった」

ローゼリアの言葉を引き継いで、苦々しげに説明をしたのはロレインだった。

「ファミリア大神殿の教皇の耳にまでローレンの話が入ってしまったのが、不幸な戦争の始まりだったのよ。当時の教皇は、南の国にローレンを引き渡すように要求したの。『女神の寵愛』を受けているのだから、ファミリア大神殿で預かるのが当然だとね。……まったく、いつの世も欲深い連中はいるものだわね」

教皇の要請を南の国は断った。理由は『女神の寵愛』の女神がファミリアを指しているとは限らないからということだった。

南の国では多くの民が「水の女神アクアローゼ」を祀っていた。ローレンに寵愛を与えている女神はファミリアではなく、アクアローゼだと南の国は主張したのだ。

だがここで大人しく引き下がる教皇ではなかった。懇意にしていた強国の王を唆して南の国を滅ぼし『女神の愛し子』を奪うように仕向けたのだ。

強国は教皇の話に乗り、南の国を圧倒的な兵力で滅ぼした。

「ローレンは戦いの混乱に紛れて、産んだばかりの娘を連れて夫である幼馴染の男性と逃げようとした。けれど、強国は執拗に彼女を追いかけたのよ。逃げ切れないと悟ったローレンは夫に娘を預けてルベイラかロウワンに逃げるように伝え、自分は囮となって二人を逃がした。あとは……言い伝えとほぼ同じね」

強国は自分たちだけが恩恵に与ろうと、大神殿に『女神の愛し子』を渡そうとしなかった。激怒した教皇は、またも別の国々に声をかけて強国を倒すために兵を送り込んだ。

『女神の愛し子』を得たいと思うのは、何もファミリア神殿に限ったことではない。各神殿の思惑と陰謀が入り交じり、戦乱は瞬く間に大陸中に拡大していった。

「ローレンは自分を巡って大陸中が争っていることに心を痛め、もはや戦を止めるには自分が死ぬしかないと思うようになったの。彼女にその決断をさせたのは、娘に手が及ばないようにするためだったとも言われているわ。そしてローレンは自ら命を絶ち、強国も連合軍相手に負けて滅んだ」

「一方、夫と娘の方は『女神の御使い』の導きでロウワンにたどり着いた。そして私たちの祖となったわけね」

ローゼリアが『女神の愛し子』ローレンの話をそう締めくくった。

「ちょいと質問いいかい？」

キーツと並んでカウンター席に座っていたリグイラが口を開いた。

「その御使いとやらは一体どういう人物だったんだい？」

リグイラの質問に答えたのはロレインだった。

「それがよく分かっていないのよ。御使いと会った、御使いがこう言っていた、というのは伝わっているのだけど、肝心の御使いやその姿についてはほぼ何も分からないの。光と共に現われて、光とともに消えていったという描写ばかりで」

「なるほど……。もう一つ質問だが、その御使いとやらはなぜルベイラかロウワンに行くように言ったんだい？　両国共に戦争に参加しないと分かっていたから？」

当然の質問だった。ロイスリーネも同意して内心で何度も頷く。

——そうよね。疑問に思うわよね。ルベイラは当時も大国だったからまだ分かるけど、ロウワンは六百年前だって田舎の小国だったのに。

今度の質問に答えたのはローゼリアだった。

「御使い曰く『ルベイラもロウワンも共に女神ファミリアの加護があるから』なのだそうよ。ルベイラは夜の神を封じている土地で、女神ファミリアが特に気をかけている国。一方、ロウワンは新しき神々にとって聖地にも等しい特別な場所らしいわ」

「特別な場所？　聖地？」

ロウワンと聖地という言葉が結びつかず、ロイスリーネは首を傾げる。

「『ロウ』というのは古い言葉で『神の実り』という意味なの。ロウワンは意訳すれば

『神の実りを宿す場』となるわね。私たちの一族ではそれにあやかって生まれた女児に『ロウ』の響きのある音を入れることになっているのよ」

――そういえばうちの母方の女性はみんな「ロ」がつく名前だわ。

ロイスリーネ、リンダローネ、ローゼリア、ロレイン。そしてローレン。

「ローゼリア様、もしやロウワンにギフト持ちや魔法使いが多く誕生するのは『神の実りを宿す場』だからですか？　『神の実り』というのがギフトや魔法のことを指すのであれば、つじつまが合います」

尋ねたのはライナスだった。ローゼリアはにっこり笑って頷く。

「おそらくそうだと思うわ。でもこの話は内緒にしてね。でないとどこかの神殿がロウワンを聖地にして大神殿を建てるとか言い出しそう。ロウワンは今のままでいいの。神々もきっとそれを望んでいると思うから」

「……そうですね。私もロウワンは今のままであってほしいと思います」

故郷を思い出したのか、ライナスが微笑んだ。

王宮魔法使いの頂点に立つライナス・デルフュールは、ロイスリーネと同じくロウワン出身だ。ルベイラに士官する前、ロウワンの王都に住んでいた彼は王妃であるローゼリアとも顔見知りだったようだ。

――私もロウワンに変わってほしくない。ルベイラも好きだけど……故郷であるロウワンは特別な場所だから。

ロイスリーネはローゼリアを見ながら口を開いた。

「お母様たちが私のギフトを隠すことにしたのは……ロウワンのためなんですね。そして私自身を守るため」

――『女神の愛し子』ローレンと同じギフトを持つ子どもが生まれたら、そりゃあ隠すわよね。私がお母様の立場でもそうするわ。

ローレンの存在は彼女の生国に滅びをもたらし、世界中を戦乱の渦に巻き込むことになった。ロイスリーネのギフトの存在が明らかになれば、同じことが繰り返されるかもしれない。そう考えたのだろう。

理由が判明したとたん、ロイスリーネの中に残っていた最後のわだかまりが消えた。

姉のリンダローネのようなギフトがあればと悔やんだ気持ちや、「期待外れの姫」と言われた時の苦々しい想いがスッと溶けていく。

――そうね、私は私。ギフトを持っていなくても、ギフト持ちであっても、私は変わらない。苦い思いをした過去が今の私を形作っているから。

ローゼリアはどこかすっきりとした面持ちになったロイスリーネを見返して、微笑んだ。

「そうね。あなたのギフトが発覚すれば、六百年前の騒動を繰り返すことになるかもとは思ったわ。でもね、それがあなたのギフトを隠した理由のすべてかというと答えはＮＯよ。

私とロレインがあなたのギフトを隠そうと決めた本当の理由は、祖母の予言があったからなの」

「さっきも仰っていましたね。どんな予言か教えていただけるでしょうか？」

カインが真剣な眼差しで尋ねる。ローゼリアは頷いた。

「もちろんよ。私とロレインの祖母……ロイスリーネにとっては曽祖母にあたる人ね。彼女は『予言』のギフトを持つ魔女だったの。予言というのは未来を予想する能力のことよ。洪水が起こる場所を当てたりして、かなり重宝がられたみたい。その祖母が今から五十年ほど前、大きな予言をしたの」

その予言が「遠くない未来、『還元』と『神々の寵愛』というローレンの再来ともいうべき二つのギフトを持った女の子が一族に誕生するだろう」というものだった。

「それって……私のこと、よね？」

恐る恐る尋ねると、ローゼリアは笑った。

「そうだと思うわ。あなたが生まれた時にはもうおばあちゃんは亡くなっていたけれどね」

苦笑を浮かべながらロレインが口を挟む。

「遠くない未来だなんて言っておいて、五十年後だもの。すっかりその話を忘れかけていたのよ、私もローゼリアもね。でも、あなたが生まれた時に、おばあちゃんの予言は正しかったと確信したわ」

「おばあちゃんは亡くなる直前にこんな予言も残していたの。『悪しき獣たちが蘇り、神々の愛し子を狙うだろう。愛し子を悪しき獣たちから隠して守りなさい。少なくともアベルの血族と出会うまでは』と。だから、私たちは予言通りにあなたのギフトを隠すことにしたのよね」

「アベルの血族？　アベルって誰だい？」

もっともな質問をしたのはリグイラだ。けれどローゼリアもロレインもその答えを持っていなかった。

「私たちにも分からない。おばあちゃんも自分で予言しておきながら知らなかったみたい。だけど、予言通りならそのうちロイスリーネの前に現われるでしょうね」

「予言、予言かぁ……」

　過去にも『予言』のギフトを持った聖女がいたので、そういう能力があるということは知っていた。けれど、その予言が自分に降りかかってくるなど夢にも思っていなかったロイスリーネは、戸惑わずにはいられなかった。

　カインが眉を寄せながら尋ねる。どうやら彼は『予言の魔女』の言った内容が気になるようだった。

「ローゼリア様、ロレイン様、『予言の魔女』殿が言っていた悪しき獣というのは、もしかしてクロイツ派の……いや、夜の神の眷族のことを指しているのでしょうか」

――クロイツ派に、夜の神の眷族……。そうよね。私を狙っているのは彼らですもの。ルベイラに嫁いで以降、ロイスリーネは何度もクロイツ派に命を狙われている。

五百年ほど前に誕生したとされるクロイツ派は「奇跡や魔法は神のもの。人が行使すべきではない」という思想の元に集まった団体で、魔法使いや聖女や魔女たちを捕えては殺していたという。

魔法使いや聖女は貴重な存在だ。そのため、クロイツ派は各神殿に危険視されて排除の対象となり、彼らを率いていた幹部たちが投獄されたことで次第に数を減らしていった。一時は消滅したものと思われていたくらいだ。

ところがクロイツ派は消えていなかった。五十年ほど前から活動を再開しているようで、各地で色々な騒動を起こしている。

なぜかロイスリーネはルベイラに来たとたん、そのクロイツ派に狙われるようになった。デルタとラムダと名乗るクロイツ派の幹部が執拗にロイスリーネの命を奪おうとし、その次にはシグマと名乗る人物がルベイラに現われた。

デルタもラムダもシグマも、夜の神の眷族の名前だ。そしてルベイラの地の底で初代国王に封印されているのが、夜の神だった。

偶然とは思えない一致。ジークハルトたちはクロイツ派と夜の神の眷族には何か繋がりがあるのではないかと見ている。……いや、正確に言えば、クロイツ派は夜の神の眷族に支配されているのではないかと考えているのだ。

ローゼリアはふぅと小さな吐息を漏らした。

「今までのことを総合するとそうなるわね。夜の神の眷族たちは獣と人の融合体である亜人の姿をしていたと言い伝えられているもの。ロイスリーネが嫁いで以来のことをジークハルト陛下から聞いたけれど、おばあちゃんが言っていた『悪しき獣』というのは、夜の神の眷族のことで間違いないと思うわ」

するとここまで沈黙を守っていたカーティスがようやく口を開いた。

「ローゼリア様、ロレイン様。今までのお話は一族の女性の間にだけ伝えられてきたと仰いましたよね。ですが、クロイツ派の幹部たちはなぜか王妃様のギフトが『還元』と『神々の寵愛』だということを知っているようでした。ロイスリーネ王妃のことを『神々の愛し子』と呼びましたから。六百年前の『女神の愛し子』のギフトのことを調べても、『女神の寵愛』は出てきても『神々の寵愛』という言葉は出てこないはず。なぜ彼らは知っていたのでしょうか？」

カーティスの言葉にローゼリアとロレインは顔を見合わせてから、頷いた。

「それについては心当たりがあるわ。祖母の末の娘にギフトを持たない女性がいたの。名前はローザ。私とロレインの叔母にあたる女性よ」

ローザ以外の姉妹が全員ギフト持ちだったことが、彼女の人生に暗い影を落とすことになる。曾祖母もローザの姉たちもギフトの有無など関係なく接していたが、ただ一人自分だけが特別な力を持たなかったローザは、屈折した思いを抱いて成長した。

——ああ、ローザの気持ち、分かる気がするわ。

かつてのロイスリーネも優秀な家族の中でただ一人ギフトもなく、魔法も使えない落ちこぼれだった。

家族はそんな彼女を慈しんでくれたが、それでもロイスリーネから羨む心や妬む気持ちが消えることはなく、しみついた劣等感がいつまでも胸の奥底でくすぶり続けていた。

——きっとローザもあの時の私と同じ気持ちを抱いて成長したんだわ。

「私とロレインが生まれて間もない頃、ローザは祖母の反対を押し切って男と家を出ていってしまったの。おばあちゃんは『あの男と行けばお前は不幸になる』って忠告していたのに。出ていったローザ叔母さんは二度と家には戻ってこなかった。なんとかローザ叔母さんの行方の手がかりを見つけようと、私の母が駆け落ちした男を調べたら——男がクロイツ派の思想に染まっていて、家族と縁を切っていたことが判明したのよ」

駆け落ち相手の男にどんな意図があったのか、今となっては不明だ。でも男がローザをクロイツ派の元へ連れていったことは想像にかたくない。

「ロイスリーネのギフトのことは、ローザ叔母さんからクロイツ派に知れ渡ったのだと思うわ」

深いため息をつきながらローゼリアは言った。

「それを確信したのは、ルベイラに潜入してきたクロイツ派の幹部が、『魔女の系譜』という言葉を使っていたとジークハルト陛下から報告を受けた時よ。『魔女の系譜』というのは祖母が一族を指す時に好んで使っていた言葉なの。ローザが出ていった後、祖母は二度とその言葉を使おうとしなかった。私たちも、ジークハルト陛下から聞くまで思い出しもしなかったわ」

「なるほど。『魔女の系譜』とはもともとローゼリア様たちの一族以外では使われていなかった言葉なのですね。にもかかわらず、クロイツ派の幹部たちはその言葉を使った。つまり――ローザから情報が漏れた可能性が高いということですね」

「その通りよ、アルローネ侯爵。さて、私たちにお伝えできることは以上よ。何か参考になればいいのだけれど」

「ありがとうございます、ローゼリア様。これで色々なことが分かりました。感謝いたします」

カーティスは立ち上がると、ローゼリアとロレインに向かって一礼する。女性二人は互いの顔を見合わせてふっと笑い合った。

「こちらこそ、アルローネ侯爵。いつかは話そうと思っていたのです。機会を与えてくださってありがとう。……ロイスリーネ。黙っていてごめんなさいね。でも、私はギフトのあるなしに関わらず、あなたは自分の道をまっすぐ歩いていける子だと信じているの。あなたはあなたの思うままに生きなさい。それがきっとこの地を、この国を、そして世界を救うことになるでしょう」

「お母様？」

意味深な言葉にロイスリーネは何度も瞬きをしてローゼリアを見つめ返す。けれど、ローゼリアはいつもの笑みを浮かべていて、表情からもその意図を推し量ることはできなかった。

その後、あまり長く神殿を留守にはできないからとロレインが言い、ひとまず解散することとなった。

「ではまたね、ロイスリーネ、少しは王妃業も頑張りなさいな」

ローゼリアはちくりと釘を刺してから、ロレインと一緒に帰っていった。

「俺とカーティスも帰るよ。エイベル一人にまかせっきりになっているから心配だ」

エイベルはジークハルトの幼馴染で、現在は彼の従者を務めている青年だ。ジークハルトがカインになっている間、エイベルが魔道具で「ジークハルト王」に変身して不在をごまかしてくれている。

「今日はライナスが君を隠れ家まで送っていくことになっている」

「ちょうどよかったです。ローゼリア様の話を聞いて、改めて王妃様のギフトの力を確認したいと思っていたところでしたので」

ライナスがにこにこ笑いながら言う。ロイスリーネは今日もまた何度も秘密の通路の扉を開け閉めさせられるのか、と思ってげんなりとなった。

「……お手柔らかにお願いね、ライナス。陛……いえ、カインさん、カーティス。お疲れ様でした。私のことは気にしないでエイベルのために早く帰ってあげてください」

「ああ、それじゃあ、また」

「お先に失礼します、王妃様」

フードを深くかぶるとカーティスとカインは店から出ていった。

ロイスリーネはリグイラに向き直る。

「リグイラさん、お願いがあるんですが……」

「ああ、ローゼリア妃の叔母の消息を探ってほしいと言うんだろう？　それなら陛下からすでに命令が下っている。心配しなさんな」

「え、え、え？　どうして、私が言おうとしたことが分かったんですか？」

お願いをする前に言い当てられたロイスリーネは動揺しながら聞き返した。リグイラはにやりと笑う。

「あんたの考えそうなことは容易に想像つくからね。四十年も前に消息を絶った人間の足跡を辿るのは簡単じゃないが、クロイツ派の周辺を探れば何かしら出てくるだろう」

「あ、ありがとうございます、リグイラさん！」

「お礼なら、陛下に言うんだね。あんたがそれを望むだろうからって言い出したのは陛下だからね」

「はい！　明日、朝食の時にありがとうって伝えますね！」

――きっと大したことじゃないって、すまして答えるんでしょうね。内心では照れながら。

ロイスリーネの夫はとても恥ずかしがり屋だ。それなのに時々平気でロイスリーネがときめいてしまうようなことをしたり、言ったりする。

毎日毎日、もっともっと好きになっていく。

――本当は、明日の朝と言わずすぐにお礼を言いたいけど、公務があるだろうから、我慢、我慢。

「さ、ライナス、私たちも帰りましょう」

元気よく言うと、ライナスが真面目な顔をして頷いた。

「御意にございます。それじゃ女将、また今度」

「ああ、気をつけて帰りな」

ロイスリーネはライナスを連れて隠れ家に向かって歩き始めた。

同じ頃、神殿に向かうローゼリアとロレインの二人は周囲に防音の魔法をかけて自分たちの会話が誰にも聞こえないことを確認すると、互いに頷き合う。

「これで誰にも聞かれないでしょう。護衛してくれる『影』の方々にもね」

「はぁ、いちいち気を使わないと内緒話もできないなんて。よく王妃なんて務まるわね、ローゼリア」

「慣れよ、慣れ」

数歳しか違わない従姉妹同士の二人は仲がいい。同じ一族の血を引き、ギフト持ちという共通点もある。そのため互いの秘密も共有していた。

「でもいいの、ローゼリア？　おばあちゃんの最後の予言のことをロイスリーネや陛下たちに伝えなくて」

ロレインの言葉にローゼリアは首を横に振った。

「意味が分からなすぎて、今言えばかえって混乱させてしまいそうだもの。ルベイラを離れる時にジークハルト陛下に手紙でも書いて説明するわ」

「まぁ、確かに意味が分からないのよね」

『予言の魔女』はロイスリーネについて三回の予言を行っている。

一回目は五十年前。『女神の愛し子』が再来し誕生するという予言だ。

二回目は四十年前。末娘のローゼが駆け落ちした直後に告げた、『悪しき獣たちが蘇り、神々の愛し子を狙うだろう』という予言。

そして三回目は二十年前。祖母が亡くなる直前に残した予言だ。

『悪しき獣に鍵が奪われ、奈落の底の扉が開く。憎しみと怒りが世界を覆っていく。けれど案ずることはない。リリスの血族とアベルの血族が、黒い竜の憎しみを解き、安寧の眠りへと導くだろう』

祖母が行った最後の予言の中身を思い出し、ローゼリアは苦笑を浮かべた。

「何度聞いても意味が分からない予言よね。鍵って何かしらね。リリスの血族とアベルの血族って一体何？」

「予言って、未来のことになればなるほど抽象的な表現になるらしくって、『予言の聖女』がいる神殿では解読するのに大変だって聞いているわ。後からこのことを指していたのかと分かることも多いそうよ」

「そうね。私もそう聞いているわ。だからこの最後の予言について直接伝えるのはやめにしたの。もう少し落ち着いてからの方がいいと思って」

「そうね。私もそう思うわ。あ、ローゼリア。あの屋台で売っているお肉、美味しそうじやない？」

　急に防音の魔法を切ったロレインが、大通りに立ち並ぶ屋台を見て歓声を上げた。

「食べていきましょうよ、ローゼリア。神殿に戻ったら屋台の食べ物なんて食べさせてもらえないんだから」

「ええ、そうね。私も城に戻ったらとても買い食いなんてできないから……」

　二人は顔を見合わせて、ぐふっと笑みを浮かべると、子どものように屋台に突進した。

　それを見て『影』たちは呆れたらしいが、幸いなことにロイスリーネに報告が行くことはなく、母たちの威厳は保たれたのであった。

　一方、軍の駐屯所に向かうカインことジークハルトとカーティスはこんな会話を交わしていた。
「陛下。おそらく六百年前の『女神の愛し子』ローレンが持ち、今現在王妃様に宿っている『還元』のギフトは、夜の神の権能なのだと思います」
　カーティスの言葉にジークハルトは重々しく頷く。
「……そうだろうな。俺もそう思った」

ローゼリアの一族に伝わる女神の御使いの話では、『女神の愛し子』ローレンが持つギフトは特別なもので、古い神々の権能の欠片だと告げたそうだ。

「それなら、夜の神の眷族たちがロイスリーネを執拗に狙うのも理解できるな」

「ええ。彼らの主である神の権能がちっぽけな人間に宿っているのです。殺して取り戻したいと考えるでしょう。もちろん、そんなことをさせるつもりはありませんが」

「ああ、もちろんだ。ロイスリーネは絶対に守る」

そうこうしているうちに二人は駐屯所に着いた。彼らはそのままカインの執務室に向かう。

中に入ると、カーティスはまるで独り言のように呟いた。

「古い神々の一柱である夜の神を、どうやって初代国王ルベイラと女神ファミリアたちが封印できたのかとずっと考えていましたが……。今回の話でなんとなく分かりました。おそらく、何らかの方法で夜の神の権能を奪い、弱ったところを封印したのでしょう」

ジークハルトは秘密の通路に繋がる姿見を模した扉を開けながら口を挟む。

「言い換えれば、新しい神々が自分たちより格上の神である夜の神を封印するためには、彼の神たる力を奪わなければ成し遂げられなかったということだな」

「女神ファミリアは奪った夜の神の権能を、なぜ人間に与えたのでしょうね。ご丁寧にもう一つ『寵愛』というギフトまで与えて」

「さあな。神々が考えていることなど分からないさ」

そう。おそらく考えるだけで無駄なのだ。答えを得ることができない問いなのだから。

「ああ、ですが、六百年前の時は『女神の御使い』が現われたのですよね。どこまで本当かは分かりませんが……もしかして今回も御使いが現われるかもしれませんね」

もちろんカーティスは本気でそう思って言ったわけではない。これはカーティス流の冗談だった。

その冗談に応じるようにジークハルトは笑う。

「そうだな。御使いが現われてくれたら、もっと詳しい話が聞けるだろうさ。さ、王宮に戻るぞ、カーティス。エイベルが首を長くして待っている」

「そうですね。暇すぎて陛下の姿で女官を口説き始めないうちに帰りましょう」

二人は笑いながら秘密の通路に入っていった。


そんな二人は知る由もない。彼らが話していたその時、王都の中心にあるファミリア神殿のはるか上空に小さな光が現われたことを。

その光はふわふわと揺れながら王宮へと向かっていった。

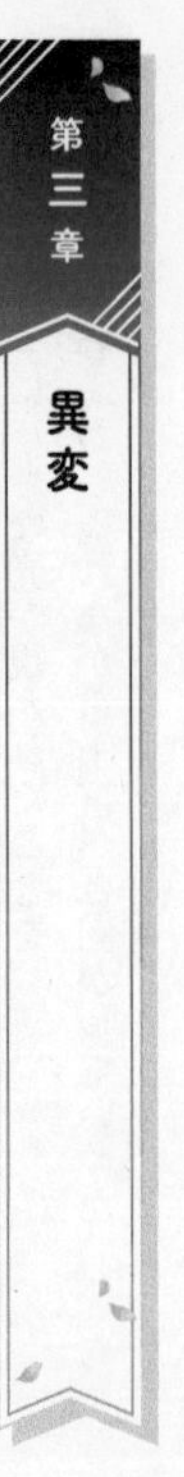

第三章　異変

その日の夜、うさぎになったジークハルトはロイスリーネの膝の上で機嫌よく喉をゴロゴロ鳴らしていた。

ロイスリーネはジークハルト……いや、うさぎの背中を撫でながら、今日母親から聞いた話をエマに伝えている。

「……というわけなの。それでお母様は私の祝福のことを黙っていたんですって」

「なるほど。つまり、リーネ様には二つのギフトがあって、一つは例の『還元』。そしてもう一つ、六百年前の大戦の原因となった『女神の寵愛』とほぼ同じような意味を持つ『神々の寵愛』のギフトを持っていらっしゃると。王妃様はロウワンの平和のため、そしてリーネ様の安全のために公にしなかったわけですね」

冷静な表情のままエマはざっくりとロイスリーネの説明をまとめた。ロイスリーネはそんなエマに困惑の目を向ける。

「ええ。……なんか、あまり驚かないのね、エマは」

語っている間、エマはびっくりした様子も見せず、ロイスリーネの説明に時々相槌を打ちながら黙って聞いていたのだ。

「いいえ、十分驚いていますよ。でも、なんとなく納得できるものがありまして」

「納得できるもの？　何それ？」

怪訝そうにロイスリーネが尋ねると、エマは真面目な顔をして指折り数え始める。

「まず一つに、リーネ様は異常に運と勘がいいではないですか。カードゲームで負けたことはありませんし、お忍び中にリーネ様が『今日はこっちを通った方がいいような気がするの』と言う時は、必ず通るはずだった道で事故が起きたりしておりました」

「それはあくまで偶然だと思うけれど」

「偶然？　はたしてたまたま通った裏道で、人さらいが女性を拐そうとしている場面に遭遇したりするでしょうか。それがロウワンで活動しようとしていた人身売買の組織を潰すきっかけになったんでしたよね？」

「そ、そうね、でも人生、そんなことも一度くらいあるのでは……」

「そうですかね？　それとリーネ様は何度かリンダローネ様やヒューバート様が人さらいやら暗殺者に襲われる場面に行き合わせていますが、その時なぜかいつも相手は魔法が不発だったり得物が使えなくなったりとかですぐに捕まってましたよね。リーネ様は『魔法で不届き者をあっという間にやっつけてしまうなんて！　お姉様（お兄様）、すごい！

さすがです！』などと言っていて、周囲もなんとなくそうなのかなという雰囲気になりましたけど」

「そうそう。そういうこともあったわよね。お姉様もお兄様も本当にすばらしい魔法使いだわ。あんな場面でとっさに魔法が使えるなんて」

ロイスリーネは無邪気にそう言っているが、ジークハルトには話のオチがどういうものか想像ができた。案の定エマは眉を上げて言った。

「いいえ、私も何度かその場面にご一緒させていただいておりましたが、リンダローネ様もヒューバード様も魔法は使っていませんでした。お二人ともお気の毒に。周囲があまりにも持ち上げるので違うとは言い出せずに、微妙な表情をなさっておいででしたわ」

「え？　え？　え？　そうなの⁉」

「ええ、そうです。王族に近しい使用人たちは、リーネ様にはやはり力があるのではないかと皆思っておりました。でも王妃様たちがそれを公表しないのだから、何か理由があってのことだろうと、沈黙を守ってきたのです」

「……え、そうだったの……？　皆、気づいていたの……？」

自分だけが気づかず、何も知らなかったことにロイスリーネはショックを受けたようで、ジークハルトの背中を撫でる手が止まった。だがすぐに我に返ったようで、撫でる手を再開させつつ呟く。

「自分の鈍さと能天気さを恨みたいわ。ああ、でも、だからエマは私のギフトのことを聞いても驚かなかったのね」

（……やっぱりロウワンでも色々やらかしていたんだな……）

　ライナスが言うには、ロイスリーネのギフトは制御できないまま常に発動し続けているのだという。そのため、ロイスリーネはルベイラに来てからも、公にはなっていないが無自覚に色々やらかしている。祖国にいた時もきっとそうだろうと思っていたが、エマの言葉で確信できた。

　エマの話を聞いてうさぎのジークハルトは、ロイスリーネの家族や周辺にいたく同情の念を寄せるのだった。

（やはりロイスリーネの身近にいる者たちは、エマと同じように何かおかしいと気づいていたのか。でもあえて指摘したりせず、沈黙を守り通した）

　だからこそ、ルベイラの情報収集能力をもってしても「ロウワンの第二王女にギフトはなく、魔法も使えない」ということしか出てこなかったのだ。

（そうまでして守ってきたロイスリーネをルベイラに託してくれたロウワン国王夫妻の気持ちを、しっかり心に刻み込んでおかなければ）

「でも今回はリーネ様自身もあまり驚いていないというか……ショックを受けていませんよね？　『還元』のギフトがあるとわかった時は『信じられない』『今さらギフト持ちだと

言われても困る』と仰っていましたが、今回は妙に冷静というか。『神々の寵愛』のギフトの方が大変そうに思えますのに」

ロイスリーネはジークハルトを撫でながら少し思案した後、こう答えた。

「そうなのよね。自分でも驚いているのだけど、思っていたより平気なのよ。たぶん『神々の寵愛』のギフトなんて壮大すぎてピンとこないからだと思うわ。それに……なんとなく、なんとなくよ。お母様の話を聞いているうちに、自分のギフトをそれほど否定しなくてもいいんじゃないかと感じたのよね」

ジークハルトはロイスリーネの顔を仰ぎ見て、その言葉が彼女の本音であることを確信する。

(よかった。少し心配していたんだ。昨日、ロイスリーネは知るのを怖がっていたから)

本当なら『緑葉亭』での話が終わった後もロイスリーネの傍についていてあげたかったのだが、あいにくと会議の時間が押し迫っていて、ライナスに託すしかなかったのだ。

(ライナスは大丈夫そうだと言っていたが、この様子なら本当に問題ないだろう)

「リーネ様はご自分のギフトを受け入れる気になったのですね」

微笑みながらエマが言うと、ロイスリーネの顔にも笑みが浮かんだ。

「そうね。そうなのかもしれないわね」

「いいことだと思います。さて、あまり遅くなると夜勤の侍女に不審に思われますし、そろそろお休みになられた方がいいかと思います。天蓋を下ろしますね」

エマは侍女モードに切り替えると、慣れた手つきで天蓋のカーテンを下ろしていく。

「うーちゃん、そろそろ寝ましょうね」

ロイスリーネは膝の上に載せていたうさぎのジークハルトをそっとシーツの上に下ろした。ジークハルトは定位置である枕の横にピョンピョンと移動すると、丸くなった。

実はここでもう寝ますという体を取らないと、大変なことになる。

たとえば少しでもくつろいでお腹を見せようものなら、ロイスリーネが興奮してモフり大会が始まってしまうのだ。

『きゃああ、うーちゃん！　それはモフれと誘っているのね。そうでしょう⁉』

離宮にいる間、何度かそれを繰り返したジークハルトはさすがに学習した。エマが天蓋を下ろして寝ろと言った時はうさぎの方から「寝るので今日はもうここで終わり」という形にしないといけないということを。

もっとも、ロイスリーネは丸くなったうさぎも「可愛い、モフモフ～」とか言いながらよく撫でてくるのだが。

今日もまたロイスリーネは手を伸ばして寝る態勢になったジークハルトを数回撫でてから、ようやく横になった。

「おやすみなさいませ、リーネ様」

「おやすみなさい、エマ。おやすみなさい、うーちゃん」

灯りが消えて、エマが退出していく。

それから五分もしないうちにロイスリーネから規則正しい寝息が聞こえてきた。それを聞きながらジークハルトも目を閉じ、ゆっくりと眠りの淵に落ちていった。

天蓋からまるでホタルのような小さな光がふわりと下りてくる。その光はロイスリーネの上をふわふわと漂っていたかと思うと、次にうさぎの上に舞い降りる。

けれどジークハルトが目覚めることはなかった。うさぎになっている時は人間の姿をしている時より音や光に敏感で、何かあればすぐに目を覚ますはずのジークハルトが、この時はなぜか何も反応を示さなかった。

しばらくの間ジークハルトの上にいた光はふわりと漂いながら天蓋を通り抜け――寝室の閉ざされた扉をするっと通り過ぎると、ソファに向かう。

ソファの上にはロイスリーネが姉のリンダローネからもらったジェシー人形がちょこんと座った形で置かれていた。光は小さな人形の上で止まり、やがて胸に吸い込まれていった。

それと同時に光は消え、辺りは闇に閉ざされる。

静寂の中で、人形は何事もなかったかのようにソファの上に鎮座していた。

意識が浮上し、ジークハルトは目覚めの時を迎えた。

薄目を開けると間近にロイスリーネの寝顔が見える。いつもの光景だ。けれど、そこに何か違和感を覚えて、ジークハルトはぼんやりした頭で考える。

（……明るい？）

天蓋のカーテンにほんのわずかな光が差し込んでいた。

ロイスリーネの寝室の窓はすべて防犯のためにカーテンがかけられている。けれどテラスに続く掃き出し窓の上部だけはカーテンがかかっておらず、朝日が部屋に差し込むようになっているのだ。

（……朝、か？）

そう考えた瞬間、ジークハルトは飛び起きた。

（しまった！　寝過ごした！）

いつもは夜が明ける前にきっちり目が覚めるのに、今日はなぜかぐっすり眠ってしまい、起きることができなかった。

これはかなり珍しいことだった。

ルベイラの王族は亜人の血が混じっているせいなのか頑丈で、病気らしい病気にほとんどかからない。睡眠時間もほんの数時間あれば問題ないので、うさぎの時でもジークハルトは夜が明ける前に起きるのが常だった。

それなのに、なぜかこの日に限っては夜明けまで目を覚まさなかったのだ。

（まずい、俺が寝室にいることが知れたらびっくりされるぞ。ロイスリーネが起きる前に戻らないと……え？）

ベッドから出るために天蓋のカーテンを開けようとしたジークハルトの思考が一瞬止まる。

伸ばした手は人間のものではなく、小さな獣の前足だったのだ。

そこでようやくジークハルトは、自分が人間ではなくうさぎの姿であることに気づく。

（まさかうさぎのまま⁉　夜が明けたのに？）

違和感の正体に気づいて血の気がサッと引いた。

確かにジークハルトは夜の神の呪いの影響で夜の間だけうさぎの姿になる。これは呪いがもっとも活発になる夜の間だけ防御反応として一時だけ先祖返りを起こすからだ。

ジークハルトは国王となって以来、この夜の神の呪いを一身に受けているために、ひどい時には日が暮れてから夜が明けるまでずっとうさぎの姿になっていた時期もあった。

（それが今ではロイスリーネの『還元』のギフトのおかげで、四、五時間に短縮されてきていたのに……どうして俺は夜が明けているのに、うさぎのままなんだ？　こんなこと、一度だってなかった！）

かつてない事態にジークハルトは動揺した。

自分の小さな前足を唖然と見下ろし、どうなっているのかと自問していると、すぐ隣から「ん……」と寝返りを打つ気配がして我に返る。

（と、とにかく、ロイスリーネが起きる前にここを離れなければ！）

うさぎの姿のままならロイスリーネに発見されても問題ないのだが、この時のジークハルトはそこまで頭が回らず、とにかく逃げなければという考えしか浮かばなかった。

ベッドを飛び下り、大きな姿見の隙間から中に飛び込む。壁に備えつけられている姿見は王宮内に張り巡らされている秘密の通路の出入り口なのだ。ここを通ってロイスリーネも『緑葉亭』に出勤している。

（カーティス。エイベル。ライナス。今すぐ来てくれ！　緊急事態だ！）

通路を走りながらジークハルトは頼れる臣下たちに「心話」を飛ばした。


「一体何があったのです、陛下？」

うさぎ姿のジークハルトが執務室の机の上で落ち着きなくうろうろ待っていると、しばらくしてジークハルトに大音量で呼び出された宰相カーティス、従者のエイベル、そして王宮魔法使いのライナスがやってきた。

王族の血を引くカーティスはジークハルトと同じく少ない睡眠時間でも大丈夫なので、いつもと変わらない様子で執務室に現れた。一方、王族の血が薄いエイベルと、まったく王族の血が入っていないライナスは夜が明けてすぐに呼び出されたので、どこか眠たげな顔だ。

だが、そんな彼らも執務室の机の上で不機嫌そうに足を鳴らしているジークハルトを見るやいなや、眠気が一気に覚めたようだ。

「え？　ジーク、どうしてうさぎのままなの？」

「夜はとうに明けてますよね。いつもなら人間の姿に戻っているのに」

唖然とする二人とは対照的に、カーティスは冷静に状況を分析していた。

「緊急事態とはこのことなのですね。夜が明けても人間の姿に戻れない、と」

（ああ、そうだ。なぜか戻れなくなっている）

ジークハルトは心話を使って答える。

ちなみにうさぎのままではジークハルトは言葉がしゃべれない。幸いうさぎであっても魔法は使えるので心話が使える相手ならば会話することが可能だった。

「原因に何か心当たりありますか？」

（ないな。昨日までは普通だった）

「うーん、もしかして、夜の神の呪いが活発化したのかな？」

驚愕から回復したらしいエイベルが横から口を挟む。それに答えたのはジークハルトではなく、ライナスだった。

「いいえ。その兆候はないと思います。王宮魔法使いの研究班からも特に呪いが活性化したという話は出ていませんから」

王宮魔法使いたちは、もう四十年以上も前から夜の神の呪いについての研究を重ねている。

一般の人間には分からずとも、優秀な魔法使いである彼らは知っているのだ。地中からあふれ出ようとする呪いの存在は決して伝説などではなく、今にも自分たちに牙を剝こうとしているものだということを。

夜の神の呪いの対象は、もともと王族ではなくこの地に住まう人間そのものだった。夜の神の呪いはすさまじく、自分が創った種族である亜人を滅ぼした人間を激しく憎み、新しき神々に地中深くに封印されてもなお地上の人間に対して怨嗟をまき散らしている。

それを女神ファミリアが国王及び子孫たち（王族）に夜の神の呪いを集めて無効化することで、民に被害が及ぶのを防いだのだ。

ファミリアが一体どういう方法で呪いを王族に集めたのかは不明だ。王宮魔法使いたちは、その方法を解明できれば王族だけを犠牲にすることなく呪いをどうにか無効化できるのではないかと考え、日々研究を続けている。

「陛下。身体に何か異変を感じたりはしますか？　呪いが活性化しているのであれば、陛下の身体にも相当な負荷がかかっているはずなのですが……」

ライナスの言葉にジークハルト（うさぎ）は首を横に振った。

（いや、何も感じない。たぶん、うさぎの身体だからだろうな）

人間の姿の時は夜が近づくにつれ重苦しさを感じているジークハルトだが、うさぎの時はその圧迫感をほとんど感じない。特に今は夜が明けたおかげか非常に身体が軽く感じる。

……うさぎだけに。

「呪いが活性化されたんじゃないとすると、一時的なものかもしれないね。しばらく待ってみる？　日が高くなれば戻るかもしれない」

エイベルの提案に、ジークハルトは一縷の望みを託して頷いた。

（……そうだな。少し様子を見るか）

「そうですね。私はひとまず陛下の公務の予定を変更してきます。幸い午前中に予定されていたタリス公爵との会合の予定は動かせますので午後に回し、午前中は書類を処理するということで調整しますね」

（カーティス、すまない。頼んだ）

足早に執務室を出ていくカーティスを見送ると、ジークハルトはエイベルに視線を向けた。

（エイベル、女官長と侍女長に事情を説明し、ロイスリーネとの朝食をキャンセルするように伝えてくれ）

公務以外でジークハルトとロイスリーネが一緒に過ごせるのは朝食の時間だけだったのに、こうなってしまっては仕方ない。

「了解、すぐに伝えてくるよ」

慌ただしく執務室を出ていくエイベルを見送っていると、最後まで残っていたライナスが声をかけてきた。

「陛下。魔法で陛下の身体を調査させていただいてもよろしいでしょうか？　魔法をかけられた形跡は見当たらないのですが、念のために詳しく調べさせていただきたいのです」

（ああ、構わないぞ）

ジークハルトはライナスがやりやすいように机の上で二本足立ちになった。その際、壁の姿見に映った己の姿が目に入ってしまい、げんなりする。

その姿はどう見ても愛らしいうさぎであった。

本人の心情を反映してのことだろうか、心なしか鏡に映るうさぎはどこか途方に暮れたようにも見える。憎らしいことに、それがまた愛くるしさを増大させていた。

ロイスリーネが見たら「なんて可愛いらしいの、うーちゃん！」と大騒ぎするであろう己の姿に、ジークハルトは大きなため息をつくのだった。

数時間後、執務室でジークハルトをはじめカーティスやエイベル、それにライナスも頭を抱えていた。

時間が経てばそのうち人間に戻れるかもしれないと期待をしていたのだが、日がだいぶ高くなってもジークハルトはうさぎのままだったのだ。

「うーん、お手上げだ」

天を仰ぎながらエイベルが言うと、ライナスも重々しく頷いた。

「魔法で精査しても何も見つからないですし……」

(……こうなったら仕方ない。あの方に診てもらおう)

ジークハルトの言葉にカーティスも苦笑を浮かべた。

「ローゼリア様ですね。こうなっては、今あの方がルベイラの王都に滞在していることが天の采配に思えます」

(そうだな。ライナス、ローゼリア様に連絡を取ってくれ)

「御意」

(エイベルすまないが……)

「ジークの代役ならまかせて。午前中は執務室にこもって仕事をしているふりをするだけなんだから、従者の仕事をするより楽ちんさ」

エイベルは片目をつぶりながら耳につけたピアスに手を伸ばす。エイベルの耳についているのはただの石ではなく魔道具になっていて、魔力を流すことによってジークハルトの姿に変身することができるのだ。

たちまちエイベルは銀色の髪に青灰色の瞳を持つジークハルトの姿に変わっていく。

（ありがとう、エイベル。あとはまかせた）

ジークハルトたちは各々やるべきことを決めて慌ただしく動き始めた。

開店前の『緑葉亭』の店内に、ジークハルト（うさぎ）とカーティスとライナス、そして二人の女性の姿があった。

女性二人とはもちろん『解呪』のギフトを持つ聖女ミルファと、魔女であるローゼリアだ。

ちなみに店のオーナーで『影』たちを統率するリグイラとキーツは開店準備のために厨房にいるが、店の中での会話は余すことなく聞いているだろう。

「まぁ、なんて可愛らしい！」

テーブルの上に二本足で立つうさぎ姿のジークハルトを見たローゼリアの第一声はそれだった。

「そ、そうですか？　相変わらず紐がぐるぐる巻きついていて造形がよく分からないのですが……」

オズオズと口を開いたのはミルファだ。ミルファは常時ギフトが発動しっぱなしの状態なので、否応なく呪いが見えてしまう。呪いを「紐」として認識しているミルファには、ジークハルトが赤黒い紐にぐるぐる巻きになっている状態に見えるのだ。

「ミルファはギフトを制御する訓練を始めたばかりですものね。そのうち必要な時だけ呪いを視れるようになるわ」

一方、ローゼリアはギフトの発動を自分の意思で制御できるので、ジークハルトの姿も普通に見えている。

「ギフト持ちは生まれた時から自分の持つ能力を知っていて自在に使いこなせるのだと聞いていたのですが、王妃様やミルファ嬢の例を見るとその限りではないようですね」

ローゼリアとミルファ、それにジークハルトを見ながら口を挟んだのはライナスだった。

ローゼリアはくすっと笑う。

「ロイスリーネは特別ですけどね。世間で言われているようなギフト持ちが生まれつき力を使いこなせるなんていう話は真実ではないわ。大方聖女たちの権威と神聖さを強調しようとして、どこかの神殿が言い出したのでしょう。確かに私たちは生まれた時から自分に何らかの力があることを知覚している。でもその能力が何なのかは自分たちでも分かっていないの。日々の生活の中で、あるいは何かのきっかけがあってようやく自分にできることを知り、制御する方法を実地で学んでいくのよ」

言いながらローゼリアはミルファを見た。

「ミルファもそうだったでしょう？」

「はい。私も特定の村人の首にかかっている紐は見えてましたけど、それを『解呪』できるとは、姉が恋敵から呪われるまでは知りませんでした」

「魔法に比べれば修行もそれほど必要としないから簡単に制御できていると勘違いされがちだけど、皆ミルファと似たり寄ったりよ。最初から完璧に使いこなせている人なんていないわ。そして、完璧に使いこなせないからこそ、もっと力を伸ばせる可能性があるの」

「なるほど、ギフトも魔法と同じで修行すれば成長の余地があると。そういえば先日の神殿の騒動の時、ミルファ嬢は洗脳の魔法を『解呪』のギフトで解いたのですよね。洗脳の魔法を呪いに見立てて」

興味深そうにライナスに見つめられて、ミルファがちょっぴり赤くなる。

「あ、あれは、ローゼリア様のおかげです。方法を教わったからできるようになっただけで……」

「教えてもらったとしてもそれを実践できるかはまた別問題ですよ。ミルファ嬢は今までできなかったことができるようになった。それが成長であり力を伸ばすということでしょう。すばらしいことだと思います」

「あ、ありがとうございます。えへへ」

褒められてミルファは恥ずかしそうに、でもどこか嬉しそうに笑った。

「話題が一段落したところで、ローゼリア様、ミルファ様、『解呪』のギフトで陛下を視てもらっていいでしょうか」

「そうね。……失礼します、陛下」

ローゼリアはジークハルトの前まで来ると、目の高さが同じになるように屈んでじっとうさぎを見つめた。

母娘らしくローゼリアの目はロイスリーネと同じ緑色だ。まるでロイスリーネに見つめられている気がして、うさぎのジークハルトは少しこそばゆく感じた。

やがてローゼリアは身体を起こし、ミルファに問いかける。

「ミルファ、あなたにはコレが見えるかしら？」

ミルファはこくりと頷いた。

「……見えます。金色の光を放つ紐が、陛下をぐるりと取り囲んでいます」

「金色？」

目を見張ったのはカーティスとライナス、それに当のジークハルトだった。ミルファの『解呪』は呪いの程度やそこに含まれる悪意の強弱で色が変わる。薄い灰色、濃い灰色、黒、赤黒と。

けれど今までミルファの口から金色という言葉が出たことはなかった。

「はい。金色、です。でもこんな色、初めて見ました」

「……私はかつて一度だけ、これと同じものを見たことがあるわ」

ローゼリアは慎重な口調で告げた。

（一度だけ？　それは一体誰に？）

「……ロイスリーネよ」

その言葉に誰かの息を呑んだ音が聞こえた。いや、それはもしかしたらジークハルト自身のものだったのかもしれない。

「あの子が生まれた直後のことよ。出産が終わって生まれてきたばかりのロイスリーネをこの手に抱き上げた時、あの子の身体には今の陛下と同じように金色の紐が巻きついていたの。誰かに呪いを受けたのかと焦ったけれど、その紐からは害意も悪意も感じられなかった」

「その金色の紐はどうなったんですか？」

尋ねたのはカーティスだ。カーティスはロイスリーネの時の対処法がジークハルトにも当てはまるかもしれないと期待したのだろう。けれどローゼリアの口から出たのは意外な言葉だった。

「それが、数時間後には消えてなくなっていたの。だから今まで出産直後で幻でも見たのかと思っていたのだけれど……」

ジークハルトに視線を向けて、ローゼリアが呟く。

「幻ではなかったようね。ロイスリーネの時と同じ。悪意も害意も感じられないわ。ミルファはどうかしら」

「は、はい。私も金色の紐から悪意は感じられません。赤黒い紐は相変わらず怨嗟の念がひどいですが、その金色の紐は大丈夫です。むしろ、陛下を守っているような感じさえあります」

（……では、その金色の紐は、俺が人間に戻れない原因ではないということか？）

害意も悪意もないというのであれば、不可解なことだがジークハルトがうさぎの姿のままでいる原因ではないのだろう。そう結論づけようとした時だった。ローゼリアの口からまたもや意外な言葉が飛び出す。

「いいえ、おそらく陛下が人間に戻れない原因はその金色の紐のせいだと思いますわ。その紐が陛下の姿をうさぎに固定しているように思えるのです。悪意は感じないですが、何か意図があって陛下に巻きついている、そんなふうに感じます」

思わずジークハルトとカーティスは顔を見合わせた。

「では、ローゼリア様たちの『解呪』のギフトで、その金色の紐を消すことは可能ですか？」

尋ねたのは今まで黙って聞いていたライナスだ。ロイスリーネとミルファは首を横に振った。

「無理ね。呪いのたぐいではないから」

「わ、私も無理です」

（……つまりできないんだな）

心話とはいえ、落ち込んでいる感情が如実に出ていたのだろう。ローゼリアが慰めるようにうさぎのジークハルトに言った。

「でも、きっとずっと永遠にそのままということはありません。願望まじりの推測ですが、その金色の紐が意図したことが終われば、戻れる気がします。まぁ、その意図したことが分からないので、いつ戻るかは不明ですが……」

「困りましたね……」

珍しく困惑した表情を浮かべてカーティスが呟いた。

「公務に差し障りが出ます。うさぎの姿だと書類の処理くらいしかできないじゃないですか」

（心配するのは公務のことか、おい）

ジークハルトが口をへの字に引き結び、カーティスを睨みつける。だが残念ながらうさぎなので、可愛らしく拗ねているようにしか見えなかった。

（……仕方ない。いつかは戻ると信じて当面は対処するしかないだろう）

深いため息をつき、うさぎがぴょーんと床に飛び下りた。

（しばらくの間、エイベルに代役をしてもらおう。カーティス。できるだけエイベルを補佐してくれ）

いつもの調子に戻ったジークハルトは国王として次々に指示を出していく。

「もちろんです。おまかせください」

カーティスは優雅な仕草で頭を下げた。

（ライナスは時間がある時に、過去の国王たちに同じ症例が出なかったか調べてほしい。正式な公文書にはおそらく載ってないだろうが、魔法使いたちが何か私感のような形で書き残しているかもしれない）

「御意にございます。少なくともここ四、五百年ほどの歴代の魔法使いの長たちは日誌を記録代わりにつけているので、そこに何か書いているかもしれません。さっそく調べます」

（頼んだぞ）

「ところで陛下。王妃様にはどうお伝えしましょうか」

ローブを羽織りながらカーティスが尋ねる。

「陛下が表に出る公務を減らすのであれば、王妃様の負担が多少なりとも増えることになります。伝えないという回答はナシですよ、陛下。王妃様の協力は不可欠ですからね」

（だが、あまりロイスリーネに負担をかけたくない。公務が増えればその分『緑葉亭』に行ける時間も減ってしまうし……）

「恐れながら陛下。あの子のことを思えばこれ以上甘やかすのはご遠慮くださいませ」

そう言ったのはローゼリアだった。

「あの子は王妃です。もう気楽な第二王女ではないのです。王妃は国王に万が一のことが起これば、夫に変わって国のかじ取りをしなければならない身です。この一年、ロイスリーネは皆さまに守られ、過分に自由にさせていただきました。ですから、これ以上甘やかすのはだめです。あの子もそれは望んでいないでしょう」

ローゼリアは床で自分を見上げている青灰色のうさぎに向かって頭を下げた。

「陛下。どうか、ロイスリーネに王妃としての役目を果たさせてください。それがあの子のためにもなります」

ややあって、ジークハルトは頷いた。

（分かりました。……俺はどうやらまたもや過保護になっていたようです。ロイスリーネ自身にもそれはやめてほしいと言われていたのに。……だから、今回はロイスリーネにも頑張ってもらうつもりです）

「はい。そうしてくださいませ」

にっこりとローゼリアは笑った。

「では王妃様にも説明して公務を負担していただく方向で調整します。その間、店の方は……」

「こっちは問題ないさね」

いつの間にか厨房から戻ってきていたリグイラが口を挟んだ。

「店のことはあたしらでなんとかするから。それより、陛下たちは急いで王宮に戻った方がいい」

ジークハルトはリグイラが難しい表情をしていることに気づき、何か面倒なことが起こったのだと悟る。

（何があった？　リグイラ）

「大神殿に送り込んでいる『影』から報告がありました。おそらくジョセフ神殿長からも王宮に連絡が入っているでしょう。……ルベイラから神聖メイナース王国に向かっていた審問官ディーザたちの一行が忽然と姿を消したそうです。もちろん、護送していたガイウス元神殿長と偽聖女イレーナも共に」

(……何だって⁉)

「え⁉」

(審問官の一行がガイウスやイレーナと一緒に消えた？　もしかして、マイクからの連絡が途絶えているのは……)

全員が息を呑み、顔を見合わせるのだった。

第四章　お飾り王妃、奮闘する

時は少し遡る。

朝、ロイスリーネはエマをはじめ王妃付きの侍女たちの手を借りて身支度を調えていた。

ルベイラでは朝食時から正装が必須のため、ドレスの着付けが必要だからだ。

だが、今日はコルセットを身に着ける前に女官長と侍女長が来てこう告げた。

「おはようございます、王妃様。陛下から伝言がございます。公務の予定に変更があり、残念ながら今日の朝食はご一緒することができないとのことです」

「あら、そうなの」

毎日朝食だけは共にしているロイスリーネたちだが、時々このようにジークハルトの都合で、キャンセルになってしまうことがあった。今日もそうなのかとロイスリーネはあまり気にすることなく、女官長に告げる。

「分かりました。陛下に気になさらないようにと伝えてください」

「はい。確かに承りました。王妃様の朝食は部屋に運ばせますので、もうしばらくお待ちください」

「頼んだわね」

部屋に朝食を運んでもらうのであれば重苦しいドレスは着込まなくてもいいのだ。ロイスリーネは嬉しくなった。

——うん、今日はいい日かもしれないわ。朝からお仕事の陛下には悪いけれど。

女官長と侍女長が部屋を出ていくと、さっそくロイスリーネはエマや他の侍女たちに言った。

「皆、今日はシュミーズドレスで構わないわ」

「はい王妃様」

優秀な侍女たちはテキパキとした手つきで用意していた重苦しいドレスを片づけると、白とピンク色のシュミーズドレスを運んできた。

彼女たちの手を借りて、シュミーズドレスを身に着けた頃合いを見計らったかのように食事が運ばれてくる。

——楽でいいわぁ。毎朝こうならいいのに。

ロイスリーネはそう思いながらも、ジークハルトと朝食を共にできないことを少し寂しく思うのだった。

美味しいが毒見や検分のせいでやや冷えてしまった食事を終え、ロイスリーネは部屋でゆっくりとくつろぐ。

今日は『緑葉亭』の仕事がないので、公務までこうしてまったりと過ごすことができる。特に面倒な正装用ドレスの着脱がないので、時間に余裕があった。

——まぁ、公務の時はドレスをまた着付けないといけないわけだけど。

「……そういえば、今日の公務というか、予定は確か……」

ポツリと呟くと、ロイスリーネの囁きを聞きつけた侍女の一人が満面の笑みで答えた。

「今日は三ヶ月後に行われる祝賀パーティー用のドレスの打ち合わせです、王妃様！」

「そ、そうだったわね」

ジークハルトとロイスリーネの結婚一周年記念の祝賀パーティーが行われることを思い出し、ロイスリーネは内心げんなりした。

——はぁ、パーティーは苦手なのに。結婚一周年を祝う会なんてしなくていいと思うのだけど。

どうも大国となるとそういうわけにはいかないそうで、これも国内の貴族たちや周辺諸国の王族にロイスリーネの顔を広める重要な機会だと言われてしまえば、断ることはできなかった。

本来、この祝賀パーティーは、来月迎える結婚一周年の際に行われるはずだった。それが先送りになったのは、神聖メイナース王国で起こった王太子暗殺未遂事件のせいだ。

王太子を暗殺しようとした犯人は、ファミリア大神殿の頂点に立つ教皇の側近中の側近だった。教皇の関与は否定されたが、側近が犯した罪の責任を取る形で教皇の退位が決まり、後任の教皇を誰にするかでまた揉めた。

女神ファミリアの信者は大陸で一番多い。そのため大神殿の混乱は各国の王たちにとっても無視できない懸念事項だった。それはルベイラも同じだ。

祝賀パーティーは延期になり、大神殿の情勢が落ち着いた頃に改めて開催することになったのである。

——で、無事新しい教皇が選出されて、大神殿も落ち着いてきたからってことで、二ヶ月遅れで祝賀パーティーを開くことになったのよね。

ようやく偽聖女イレーナの問題が解決したというのに、王宮は祝賀パーティーの準備のため前にもまして慌ただしくなっている。

「ドレスなんて、前に用意していたものじゃだめなのかしら？」

この半年間でロイスリーネにはたくさんのドレスが用意された。中にはまだ袖を通していないものもある。

小国出身のロイスリーネとしては、もったいないからそれを使えばいいと考えてしまうのだが、対面上そうはいかないらしい。

ロイスリーネの独り言を聞きつけた侍女たちが口々に訴えた。

「それじゃだめなんです！」

「そうですとも、王妃様！」

「前に用意したドレスは来月の季節に合わせたものです。二ヶ月後だと季節外れになってしまいます！」

「王妃様にそんなドレスは着せられませんわ！」

「そ、そう……」

　ロイスリーネはたじたじとなった。侍女たちのドレスに対するこの熱の入れようはなぜなのかといつも首を傾（かし）げてしまう。

「大丈夫（だいじょうぶ）です、王妃様。ドレスの素案はできておりますから」

　どーんとロイスリーネの前に人形サイズのドレスを数着出してきたのは、侍女のカテリナだ。彼女は裁縫（さいほう）が得意で、ジェシー人形に合わせたドレスをいくつも作っている。

「そ、そう。これが新作ね」

「はい。今日のために夜なべして作りました。王妃様、ドレスのデザイナーが来る前にジェシー人形で確認（かくにん）してもらってもいいでしょうか？」

　つまりジェシー人形にドレスを着せてエマの魔法（まほう）でロイスリーネの姿にし、イメージを見てもらいたいということである。ロイスリーネがエマに確認の視線を向けると、彼女は「いいですよ」と頷いた。

「構わないわ」

「ありがとうございます！　ではさっそく……あら？　ジェシー人形は？」

カテリナは椅子に顔を向けて目を丸くした。ジェシー人形はいつもソファか椅子の上に置かれている。ソファは今現在ロイスリーネが使用中なので、椅子の上かと思われたのだが……。

「さっきまで椅子の上にいたような気が……」

ロイスリーネも椅子を見やって首を傾げる。

「ソファから椅子の上に移動させたはずよ。あら、いないわね。どこに……」

ロイスリーネも侍女たちもジェシー人形を探して部屋のあちこちをきょろきょろする。

すると一人の侍女がアッと声を上げた。

「あ、あそこの窓際のチェストの上です！」

見ると、ジェシー人形が窓際に置かれたチェストの上に横たわっていた。一番近い位置にいた侍女が慌ててジェシーを回収する。窓際だと日光に当たって人形が色あせてしまうからだ。

「もう、誰よ？　こんなところに置いたのは」

だが不思議なことに部屋にいる侍女たちは全員自分ではないと首を横に振る。嘘を言っている様子はない。

犯人捜しが始まりそうな雰囲気になり、ロイスリーネは慌てて言った。

「きっと一時的に置いて、そのまま忘れてしまったのでしょう。誰にでもあることよ。ジェシー人形は無事だったのだから、気にしないで」

ロイスリーネはフォローを入れると、皆の気を逸らすためにカテリナに声をかけた。

「さぁ、カテリナ。ドレスを着せて確認するのでしょう？」

「あ、そうでした。それではさっそく」

カテリナがジェシー人形にドレスを着せて、エマが魔法で等身大のロイスリーネに変身させる。すると侍女たちはたちまちドレス談義を始めて、ぎこちなかった雰囲気はあっという間に霧散した。

――よかった。ギスギスしたままなのは嫌だものね。

それから一時間後、次の打ち合わせのためのドレスに着替え始めていたロイスリーネの元に、ジークハルトの護衛騎士が一人やってきた。

「王妃様、失礼いたします。陛下が至急執務室に来てほしいと仰っております」

「陛下が？　分かりました。すぐに参ります」

ロイスリーネは侍女たちに命じて手早く支度をすませると、エマと護衛騎士たちをぞろぞろ引き連れて執務室に向かった。

「失礼いたします、陛下」

ロイスリーネがエマだけを連れて執務室に入っていくと、中にはカーティスとエイベルとライナス、それに思わぬ人物と動物がいた。

「リグイラさん？　うーちゃん⁉」

なんと珍しくもリグイラがいた。覆面は取っているが、顔以外は全身灰色の戦闘服を着込んで鏡に寄りかかっている。ロイスリーネは慣れているが、初めて目にする異様な風体にエマが息を呑んだ。

　ジークハルトの机の上にはロイスリーネの愛しいうさぎがちょこんと乗っている。うさぎはロイスリーネの姿を見ると「キュ」と可愛らしい声で鳴いた。無意識のうちに手を差し伸べると、うさぎは机からピョンと下りてロイスリーネの腕の中に飛び込んだ。

「うーちゃん。こんなところで会えるなんて」

　もふもふの毛に頬を擦りつけたところで、ロイスリーネは我に返った。

「あ、ごめんなさい、ところで陛下は？」

　ロイスリーネはうさぎを抱いたまま執務室をきょろきょろ見回す。けれどどこにもロイスリーネを呼んだはずのジークハルトの姿はない。

「申し訳ありません、王妃様。私が陛下の名前で王妃様を呼んだのです」

　カーティスが一歩前に出ながら告げた。

「……カーティス？」

いつもは柔和な笑みを浮かべているカーティスが、深刻そうな表情をしている。カーティスだけではない。明るくお調子者のエイベルも沈んだ表情だし、ライナスも眉間に皺を寄せている。

何より『影』であるリグイラがこういう形で王宮にいること自体、何かマズイことが起きたということを示していた。そして不在のジークハルト。

急激に心臓がドクン、ドクンと早打ちを始める。

「な、何か……陛下に何かあったんですか？」

皆のこの表情。そうだとしか思えなかった。

「王妃様。気をしっかり持って聞いてください。……陛下が昨晩から目覚めません。生きてはおります。けれど、起きないのです」

ドクンと大きな音を立てて、ロイスリーネの心臓が一瞬止まった。

「……それって、まさか……夜の神の、呪い、の？」

息が詰まってうまく言葉にならない。

「はい。おそらくはそうだと思います」

――どうして？　呪いは私の『還元』で少しずつ消えていたのではないの？

うさぎを抱く手が小刻みに震え始める。うさぎが心配そうに仰ぎ見たが、ジークハルトのことでいっぱいいっぱいのロイスリーネがそれに気づくことはなかった。

「……呪いが、ひどく、なって？」

「いいえ、違います。ライナスたち魔法使いにも確認させましたが、呪いが特に活性化したわけではありませんでした」

「な、なら、どうして……」

「内密にローゼリア王妃様と聖女ミルファ様に診てもらいましたところ、お二人はこう仰っておりました」

カーティスとライナスがローゼリアたちの見立てを説明する。

ジークハルトの身体に金色の紐が絡まっているのが見えたこと。その金色の紐には害意も悪意もないが、おそらくそのせいでジークハルトは目覚めないこと。今のところ対処方法はなく、金色の紐が消えるのを待つしかないこと。

そして、その金色の紐はかつてロイスリーネにも表れたことがあったことを――。

混乱しているなか色々説明されて、ロイスリーネにはなかなか呑み込めなかったが、ひとまずジークハルトは眠っているだけで害はないということは理解した。

無意識にうさぎを撫でながらロイスリーネは自分に言い聞かせる。

――大丈夫。陛下は眠っているだけ。お母様が害がないというのであれば、その通りなんだから。

「リーネ様……」

ロイスリーネの気持ちが不安定になったのが分かるのか、エマがそっとロイスリーネの横に寄り添った。

「王妃様にはすぐにお知らせせず、黙っていて申し訳ありませんでした」

「……謝らなくていいわ。私を心配させないよう気づかってくれたんでしょう？」

ジークハルトが大変な目に遭っているのに、何も知らないでドレスのことに気を取られていたのだと思うと、自分が腹立たしくなった。そしてこんな状況にもかかわらず守られているだけなことにも。

ジークハルトもカーティスも、基本的にロイスリーネに対して過保護だ。結婚したばかりの頃ならいざ知らず、今のロイスリーネはそれを知っている。

仲間外れにされたわけじゃない。いらぬ心配をかけたくなかっただけだ。そうとは分かっているが、胸がモヤっとしてしまう。

このやるせない気持ちにどこか覚えがあると思ったら、離宮に軟禁されていた間、知らずに守られていたことを知った時に味わった感覚だと気づいた。

――もう、あんな思いはごめんなのに。

「カーティス、今後はちゃんと教えてちょうだいね。知らないままなのは嫌なの」

「はい」

「ところで……陛下は今どこにいらっしゃるの？」

「ガーネット宮です」

　どこにいるも何もロイスリーネの腕の中にいるのだが、そんなことはおくびにも出さず、カーティスはさらりと答えた。

「陛下が目覚めないことを公にするわけにはいきませんから、ガーネット宮で厳重に守らせております」

　ガーネット宮というのは王宮の敷地の中にある離宮の一つで、ジークハルトの恋人のミレイが住んでいるとされている場所だ。ミレイ自体はジークハルトたちが「呪いのせいで夜の間は人前に出られない」ことの言い訳にするためにでっち上げた架空の人物なのだが、あたかも実在しているかのようにガーネット宮が与えられ、ジークハルトもよく通っている。もちろん、恋人との逢瀬ではなく、純粋に休むために。

「あの、陛下と会うことはできないかしら？　もちろん、会話ができないことは分かっているわ。ただお顔を見て、無事なことを確認したいだけなの」

　窺うようにカーティスを見たが、彼の表情は思わしくなかった。カーティスは一瞬だけエイベルと顔を見合わせると、申し訳なさそうに告げた。

「申し訳ありません。王妃様とあってもそれはできないのです。万が一陛下の状態を他国に知られでもしたら、我が国の存亡に関わります。そのためガーネット宮は厳重に警備されていて、魔法使いたちによる結界も張り巡らされております。我々ですら容易に出入りできないのです」

「そ、そうね、そうよね……。ごめんなさい」

ロイスリーネはシュンとなった。慰めようとしているのか、うさぎがロイスリーネの顎をペロペロと舐める。ロイスリーネはほんの少し笑顔になってうさぎの耳と耳の間にチュッとキスをした。

「ありがとう、うーちゃん」

あまりにロイスリーネが落ち込んだ顔を見せるせいなのか、カーティスが優しげな口調で言った。

「陛下はちゃんと生きております。心配はいりません」

「はい……」

「それで王妃様、今後のことなんだけど……」

エイベルが口を挟んだ。

「しばらくの間は僕が陛下の代役をします。けれど僕だけでは限度がある。王妃様の協力が必要なんです」

「協力？」

「はい。公務の一部を担っていただきたいんです」

「もちろん、できる範囲内で結構です」

カーティスが慌てて付け加える。

「陛下の公務のうち、懇談会など王妃様でも問題ない予定に関しては代行していただけると助かります。陛下でなければならない公務に関しては私がエイベルに随行して補佐しますので」

「ええ、構わないわ」

ロイスリーネは背筋を伸ばす。

――そうだわ、陛下の不在を公にするわけにはいかないんだから、王妃の私がしっかりしなきゃ。陛下の代わりにルベイラを守らないと。

「私、頑張ります」

胸に抱えたうさぎをぎゅっと抱きしめる。それからロイスリーネは鏡の前にいるリグイラに顔を向けた。

「リグイラさん、ごめんなさい。しばらく店には行けないかもしれないです」

リグイラは微笑んだ。

「分かっているよ。店のことは心配しなさんな。陛下が戻るまで、あんたは自分のやるべきことをしっかりとやればいい。だけど、気負いすぎてもだめだよ、リーネ。あんたは一人じゃない。一人で立ち向かう必要もない。あんたを補佐する人間がちゃんといるんだってこと、忘れちゃいけないよ」

「はい」

「……さて、と。そちらの話がまとまったところで、残念な報告があるんだよ」

突然スッと真顔になったリグイラは、『影』を率いる部隊長の顔になってロイスリーネに告げた。

「五日ほど前から、審問官ディーザの一行を監視していたマイクから連絡が途絶えている」

思いもよらない報告を受けてロイスリーネは目を丸くした。

「え？　マイクさん？　そういえばここ半月ばかり姿を見かけないと……」

「審問官の連中、神殿にいきなりやってきてガイウス元神殿長と偽聖女イレーナを連れていっちまっただろう？　何か引っかかってね。マイクに彼らの監視を命じたのさ。はじめは順調に行程を進んでいると報告があったんだが、五日ほど前から定期連絡が途切れている」

「え？　え？　つまりマイクさんに何かあったってことじゃないですか！」

またもやロイスリーネの知らないところで何事か起こっていたらしい。

陽気でおしゃべりなマイクの姿を思い出し、ロイスリーネは心配になった。

「ああ。そう思ったから陛下に相談して、数日前からゲールに調査に行ってもらっている」

「だから昨日ゲールさんは店に顔を出さなかったんですね……」

「そのことに関連した報告がもう一つあります」

そう言ったのはカーティスだった。

「先ほどジョセフ神殿長から連絡がありました。ディーザ審問官とその一行が、消息不明になっているそうです」

「え⁉」

「予定を過ぎても大神殿に戻らないことを不審に思って調査したところ、途中までの足取りは摑めたものの、神聖メイナース王国の隣国、エイハザールの荒野で忽然と消息を絶ったそうです。日付もマイクからの定期連絡が途絶えたのとほぼ前後する形です。合わせて考えるに、マイクとディーザ審問官の一行のどちらにも何事か起こったと見るべきでしょう」

「そんな……こんな時に……」

——陛下が動けないこのタイミングでそんなことが起こるだなんて……！

動揺しかけたロイスリーネはあることを思い出してハッとなった。

「……待って、審問官の一行が消息不明になったってことは、もしかして……あの二人も……？」

審問官たちは彼らを護送するために大神殿に向かっていたはずだ。つまり……。

重々しくカーティスが頷く。

「はい。ガイウス元神殿長と偽聖女イレーナの消息も不明になっております」

「なんてこと……」

「大神殿は捜索隊を組んで再び一行を探す予定だそうです。ジョセフ神殿長は彼らの報告を待つそうなので、ルベイラに戻るのが少し遅れるとのことです」

「そうですか……残念ですが、仕方ありませんね」

言いながらロイスリーネの頭を聞いたばかりの色々な情報が駆け巡る。

——誰かが一行を襲った？　それとも自ら姿を隠したの？　分からない……。

あまりにも不可解なことが多すぎる。

呪いで眠ったままのジークハルト。謎の金色の紐。

連絡の途絶えたマイクに、消息不明になった審問官一行とガイウス元神殿長、そして偽聖女イレーナ。

ロイスリーネの手に負えないことばかりだ。

——でも、私がしっかりしないと。お飾りとはいえ、王妃なのだから！

「……陛下。私、頑張りますから」

「……キュウ（ロイスリーネ）……」

うさぎが鳴き声を上げる。気遣うように、そして慰めるように。

「大丈夫よ、私は大丈夫だから、うーちゃん」

うさぎをぎゅっと抱きしめて、ロイスリーネは呟く。そんなロイスリーネを励ますようにうさぎは顎に額を擦りつけた。

「我々もついていますから、あまり思いつめないでくださいね、王妃様。陛下のことも心配いりません。ええ、間違いなく大丈夫ですから」

カーティスがうさぎを見ながらなぜかにっこりと笑った。エイベルも苦笑を浮かべながら口を挟む。

「そうそう。今ごろ王妃様の腕に抱かれている夢でも見ていると思いますよ」

その言葉に腕の中にいるうさぎが動きを止めてエイベルをじろりと睨みつける。余計なことを口にするなと言いたいらしい。だが、ロイスリーネはうさぎの挙動に気づくことはなく、頬を緩めた。

「それって……目が覚めなくても陛下が私のことを思ってくださってるってこと？　それなら嬉しいのだけど。ねー、うーちゃん」

頭のてっぺんにキスをすると、うさぎは嬉しいのか小さな尻尾をピコピコとしきりに動かす。

それを見ているうちにロイスリーネは重くなった心が少しずつ晴れていくのを感じた。

――そうね、私が不安がっていてはだめよね。陛下がいない間、王妃である私がしっかりしないと！

「ありがとう、うーちゃん。頑張るわ！」

頬ずりすると、うさぎはますます尻尾を勢いよく振った。そんな二人……ではなく一人と一匹に、他の者たちは呆れたような視線を向ける。

「……すっかり二人の世界だなぁ。こっちはこれから大変なのに」

ぼやくエイベルにカーティスはわざとらしい微笑を浮かべるのだった。

「もちろん、あの二人にもきっちり働いてもらいますよ。ええ。それはもう馬車馬のように、ね」

「王妃様、今日の午前中の予定ですが、トルコス国の親善大使夫妻が就任の挨拶に来られます。陛下とともに謁見の間で対応していただければと。それが終わりましたら、昼食を兼ねた親善使節団との懇談会に足をお運びいただいて、午後は隣国クレイシアとタイラント国の大使夫人たちとのお茶会にご出席ください」

「分かりました。すぐに支度を始めます」

ロイスリーネは小一時間ほどかけてドレスに着替えると、エイベル扮するジークハルトと親善大使夫妻との謁見に臨んだ。それから休む暇もなく再びドレスを着替えると、大使夫妻と一緒にやってきた親善使節団との昼食を兼ねた懇談会に参加する。

懇談会を終えるやいなや、三度ドレスを変えると、本宮の中庭で行われる大使夫人たちとのお茶会に赴き、「王妃の微笑」を浮かべながら世間話を交わした。

そうしてようやく今日予定されていた公務のすべてを終えたロイスリーネは、疲れ果てて自室へと戻ってきた。

「ああ、疲れたわ」

「リーネ様。お疲れ様でした」

「お帰りなさいませ、王妃様」

エマやロイスリーネ付きの侍女たちが揃って出迎えてくれる。そして、出迎えてくれるのは彼女たちだけではない。

侍女たちの足元を抜けて小さな毛玉が突進してくるのを見て、ロイスリーネの顔が綻んだ。

「ただいま、うーちゃん！」

「キュッ」

胸に飛び込んできたうさぎを抱きとめて、頬ずりをする。

――ああ、私の癒し。一日の疲れが抜けていくようだわ。

普段は夜にしか遊びにこないうさぎだったが、ここ最近は昼間にも顔を出すようになった。

——きっと私が陛下のことで落ち込んでいるから心配して来てくれるのね。本当に、なんて賢くて優しい子なのかしら。

「ありがとう、うーちゃん」

「キュウ」

……ジークハルトが目覚めなくなってから一週間が経っていた。

その間、ロイスリーネ（とエイベル）は公務をこなすため奔走している。『緑葉亭』に行くこともできないので、ロイスリーネの疲れとストレスは頂点に達していた。

「……公務って本当に、大変だわね。今まであまりやってこなかったツケが今回ってきた気がするわ」

ロイスリーネはうさぎを抱きながらソファに腰を下ろした。疲れているので優雅に座るというよりはドカッと腰を下ろした感じだが、それに苦言を呈する者はいない。普段なら注意するエマでさえも何も言わない。疲れ切っているのが明らかだからだろう。

「王妃様はちゃんと公務をこなされていると思いますわ」

「ええ。私もそう思います」

「……ふふ、ありがとう」

侍女たちは口々に褒めてくれるが、これくらい王妃ならばできて当たり前だということはロイスリーネにも分かっている。なにせロイスリーネはローゼリアという見本を見て育ってきているのだから。

――お母様は確かにお忍びで街に行ったり、時々突拍子もないことをしたりするけれど、王妃としての仕事はきっちりしていたものね。それを思うと、今までどれほど私が陛下たちに甘えさせてもらっていたか分かるってものだわ。

「お飾りとはいえ王妃なのだから、私ももう少し頑張らないといけないわね」

「無理しないでくださいね、リーネ様」

心配そうにエマが言う。

「大丈夫よ。それに一人じゃないわ。エイベルだって頑張ってくれているし、カーティスも手助けしてくれる。ちょっと苦手な女性だけのお茶会の時もリリーナ様がフォローしてくださるのだもの。おかげでなんとか評判を落とさずにすんでいるわ」

『これくらいしか私たちにはできないけれど』

そう言いながらリリーナをはじめタリス公爵家の人たちは色々な面でロイスリーネやエイベルを補佐してくれている。感謝してもしきれない。

「皆が協力してくれているわ。陛下が目覚めるまで頑張らないと……」

「キュウ」

「ん？　うーちゃん、心配してくれているの？　大丈夫だって」

ロイスリーネはうさぎを撫でてモフモフを堪能(たんのう)する。うさぎと戯(たわむ)れるロイスリーネを、侍女たちが生温かい目で見つめていた。

「すっかり王妃様はうさぎに夢中ね。いや、確かに可愛いけれど」

「陛下ともあんなふうにイチャイチャしてくださっていいのに。……いや、陛下だと想像つかないわ。王妃様もうさぎのようにベタベタしないでしょうしね」

侍女たちはロイスリーネとうさぎのイチャイチャぶりを見ながらこそこそと囁き合う。

「王妃様、あまりうさぎの陛下と仲よくすると、人間の陛下が嫉妬(しっと)するかもしれませんよ」

「カテリナったら。でもそうね、嫉妬して羨(うらや)ましがるかしれませんわ」

「うさぎだけじゃなく、陛下ともそのくらい仲睦(なかむつ)まじくしていただいてもいいんですよ、王妃様！」

侍女たちの言葉に、うさぎに頬ずりしていたロイスリーネは頬を染めて答えた。

「陛下にスリスリなんて恥(は)ずかしくてできないわ。うーちゃんだからこそよ」

そのうーちゃんはまさしくジークハルト本人なのだが、ロイスリーネは知る由(よし)もない。

一方、ロイスリーネの腕の中にいるジークハルトはロイスリーネに頬ずりされながら（そうしてくれても構わないんだが……）などと考えていた。

その日の夜のこと。

ジークハルトの執務室では書類にペンを走らせる音やページをめくる音だけが響いていた。

大きなマホガニー色の机には書類が広げられ、確認した傍から国王の署名が記入されていく。いつもの執務室での光景だ。

ただし、机にいるのは「氷の王」などと呼ばれることもある銀髪に青灰色の目をした青年王ではなく、青灰色のうさぎであった。

机の上に乗ったうさぎが広げた書類を確認しているのだ。

確認が終わった書類の上では、魔法で操られたペンがサラサラとジークハルトの名前を記していく。

署名の終わった書類はカーティスが再度確認し、エイベルの手で処理済みの箱に入れられた。

（はぁ、今日は早めにロイスリーネの寝室に行こうと思ったのに）

「うさぎの姿でも書類の処理くらいはできるでしょう？」とカーティスに言われ、ジークハルトはしぶしぶ仕事をしている。

「表に出る仕事はエイベルに押しつけているのですから、書類仕事くらいはやってもらわないと困ります」

「そうだよ、ジーク。僕なんてジークの代役をずっとしているから、エマと顔を会わせる機会すらないんだよ？　僕を見て嫌そうに顔をしかめるエマを見たいのに！　ああ、あの冷たい蔑んだような目で見られたい！」

とんだ変態発言をしてエイベルが大げさに嘆く。エイベルはドSでドMという妙な性癖を持っており、その両方の嗜好の対象となっているのがエマだった。

（……エマのために、お前をこのまま俺の代役として縛り続けた方がいいような気がしてきたな）

「ええ、やだよ！　早く元に戻ってよ、ジーク！」

（俺だって人間に戻りたいんだ。だけどその方法が分からない）

相変わらずジークハルトが人間に戻る気配はない。ライナスが過去に同じような事例がなかったか調べてくれているが、今のところ見つかってはいないようだ。

（ロイスリーネも連日の公務で疲れているようだ。ストレスも溜まっているのか、気持ちが落ち込むことも多くなっている気がする。早く元に戻って『緑葉亭』に行けるようにしてあげたいんだが……）

見ていた書類から顔を上げてカーティスが口を尖らせた。

「陛下、それは少し違います。あなたがいないからですよ。私たちはこうして陛下と会話を交わしてその存在を確かめることができます。でも王妃様はそうじゃない。陛下が眠ったままだと心配し、あなたの代わりにこの国を守ろうと孤軍奮闘しているのです」

「だよね。王妃様、公務中はいかにも気負ってます、という感じだもの。あれじゃ疲れるし、気持ちが不安定になるのも無理はないと思うよ。それもこれもジークがうさぎであることを王妃様に内緒にしているせいだよね。最初からとっとと告げていれば、もう少し王妃様も楽になれるはずなのになぁ」

（それは……）

エイベルの嫌味っぽい言葉に、ジークハルトは言い返すことができなかった。

呪いでうさぎになってしまうことをジークハルトが最初から――いや、せめて王家の呪いのことがロイスリーネに知れた時に嫌われる覚悟で告白していれば、会話もできないような状況にならずに済んだのだ。

「まぁ、時間が経つにつれてますます言えなくなったのは分かるけどさぁ。あんな人目もはばからずラブラブされちゃね。正体を知ってる僕らからしたら居たたまれないよ」

「今となっては仕方ありませんね。せめて陛下はうさぎの姿で王妃様を心ゆくまで慰めて元気づけてあげてください。そのためにも、さっさとこの書類の確認をお願いします」

カーティスは手にしていた書類の束をジークハルトの机の上にドンと置いた。げんなりした気持ちで積み上げられた書類を見つめながら、ジークハルトは深いため息をつくのだった。

それから二時間後、ようやく書類仕事を終えたジークハルトは秘密の通路を使って、ロイスリーネの寝室に急いで向かった。

（まったく。あやうくロイスリーネの就寝に間に合わないところだったじゃないか！）

プリプリ怒りながら暗い通路を走り抜け、ロイスリーネの部屋へと通じる隠し扉にやってくると、ジークハルトは魔法を使って扉にほんのわずかな隙間を作り、自分の身体を中に滑り込ませた。

「いらっしゃい、うーちゃん！　今日はちょっと遅かったわね」

満面の笑みを浮かべてロイスリーネがジークハルトを迎えた。

（……もしこれが国王だったら、きっとロイスリーネはこんな無防備な笑顔では迎えてくれなかっただろうな）

そう思いながら、ジークハルトはロイスリーネの広げた腕の中にポーンと飛び込んだ。

「はぁ、うーちゃん、可愛い。最高に可愛くて癒されるわぁ」

ロイスリーネはうさぎを抱きとめると、わしゃわしゃと撫でまわしてから、耳と耳の間にキスをした。ジークハルトの感情を反映してか、耳がピクピクと動く。

「あーん、このピコピコの耳！　すっごくかわいいぃぃ」

なぜこれほど溺愛するのか、ジークハルト本人にも分からないが、ロイスリーネの目にはうさぎのどんな仕草も可愛く映るようだ。そのうち息を吸うだけで可愛いとか言い出すのではないだろうか。撫でまわされるジークハルトとしては……気持ちいいからまったく問題ないのだけれど。

なんだかんだ言いながらロイスリーネに自分がうさぎだと告白できないのは、この心地よさを失いたくないからだ。

ひとしきりうさぎを撫でまわして堪能したロイスリーネだが、今日の彼女はどこか落ち着かなげだった。

ジークハルトを抱き上げたり、膝に下ろして肉球をぷにぷにと押したりしている。いつにも増してせわしない感じがするのだ。

原因はすぐに知れた。

「ねぇ、うーちゃん。うーちゃんを吸いたいんだけど、いいかしら？」

「……ギュ……」

ここでロイスリーネの言う「吸う」とは、うさぎの毛に顔を埋めて息を吸う行為のことだ。なぜかロイスリーネは時々「うさぎ吸いたい～」と言いながらジークハルトの腹に顔を寄せたがるのだ。

（本当に謎だ……。こっちは吸われるとくすぐったいし、妙な気分になってくるから複雑なんだが……）

だが、カーティスやエイベルの言っていたロイスリーネを癒やす使命を思い出し、ジークハルトは覚悟を決めた。

（これで少しでもロイスリーネが元気になるのなら……）

ジークハルトは諦めの気持ちでベッドの上にトンと下りると、はいどうぞとばかりに腹を見せた。

「あああああ！　うーちゃんありがとう！」

ロイスリーネは黄色い声を上げて、さっそくとばかりにベッドに上がりジークハルトのお腹に顔を押しつけた。

「ふわふわ、もこもこ～」

言いながらロイスリーネは「スーハー、スーハー」と息を吸って吐いている。こそばゆくて本能的に逃げたくなるのを我慢しながらジークハルトは遠い目になった。

（……うん、相変わらずよく分からん）

分かるのは、どうあってもロイスリーネに正体を知られるわけにはいかないということだった。

（そう。そのためには、吸われるのも肉球を押されるのも仕方のないことだ）

達観したジークハルト（うさぎ）の表情はすっかり虚無の顔になっていた。

ちなみにこのやり取りの一部始終を傍に控えていたエマは見ており、心底呆れた表情で主を見ていたことを、ジークハルトだけは知っている。

「さぁ、今日も公務を頑張らないとね！」

翌朝、うさぎを吸ったことですっかり元気になったロイスリーネと、吸われたせいなのかどこか疲れた様子のうさぎの姿が寝室にあった。

だがほのぼの（？）とした時間は突然終わりを告げる。

朝の挨拶にしては早すぎる時間に慌ただしい様子で女官長がやってきたのだ。

「王妃様。朝早くから失礼します。先ほど、ファミリア神殿から使者がやってまいりまして、応対した宰相閣下が王妃様にすぐにいらしてほしいと仰っております」

「ファミリア神殿から使者が？」

――ミルファやお母様関連……じゃないわよね？　こんな朝早くからだなんて一体何が？

「すぐに行きますと伝えてください。エマ、急いで着替えるわ。公務じゃないから簡単に身に着けられるドレスを選んで」

「承知いたしました」

ロイスリーネが指示している間に、ジークハルトは秘密の通路に飛び込んで一足先にカーティスのいる執務室に向かっていた。


「宰相、一体何があったんです？」

ロイスリーネがシュミーズドレスに着替えてジークハルトの執務室に急いで向かうと、そこにはカーティスだけではなく、エイベルとライナス、それにリグイラまで揃っていた。

「急にお呼び立てして申し訳ありません。早急に決めなければならないことが起きました」

「決めなければならないこと？」

「はい。今朝早く、ファミリア神殿から使者が送られてきました。使者を送ったのは神官長です。ジョセフ神殿長はまだ帰国していませんから、神官長や祭祀長だけではどうにも判断できず、困って使者を送ったとのことでした」

「それで使者の方は何と？　もしかして行方不明になった審問官一行の手がかりが見つか

ったとか？」

希望まじりの願望を口にすると、カーティスは首を横に振った。

「いいえ、違います。むしろ反対です。今朝早くに、消息不明になった審問官一行の行方を追って、別の審問官の一団がルベイラのファミリア神殿に到着したそうなのです」

「え？　行方不明になった地域ではなく、ルベイラに？」

ロイスリーネは不思議そうに首を傾げる。

審問官一行が消息不明だということが判明したのはおよそ一週間前のことだ。あれからすぐに捜索隊を編成したとしても、ルベイラとは大陸の反対側に位置する神聖メイナース王国からやってくるには少し早いのではないだろうか。

——普通に旅しても片道で二週間はかかるだろうし、軍馬を使っても十日くらいはかかる。転移の魔法を使ったのかもしれないけど、それにしてもまだ何も分かっていない段階なのに……。

「いいえ、それが神官長の話では、捜索隊とはまた別に、内部監査室が調査のために派遣してきた一団だそうです」

「はぁ？　つまり、大神殿は捜索隊を二つ出しているということ？」

「ええ。そのようです。内部監査室の捜索隊の一団を率いているのは、行方不明になった審問官の同僚のニコラウスという人物だそうです。それで、神官長の相談というのが、ニコラウス氏が調査隊の一部を王宮内に駐留させて活動できるようにしてほしいと言ってきたそうなのです」

「は？　なぜ？」

ますますわけが分からなくなってロイスリーネは首を捻る。

「どうして王宮で活動したいと申し出てくるの？　審問官のディーザと王宮にはまったく接点がないのに」

ロイスリーネの当然の疑問に答えたのはエイベルだった。

「それがさ。神官長によると、ニコラウス氏は審問官ディーザの一行が消息不明になった事件の鍵を握るのは、ガイウス元神殿長と偽聖女イレーナにあるのではないかと疑っているんだって。で、二人のことを調べ直す必要があると言っているらしく、しばらくルベイラの王都に逗留して調査したいんだって」

「……うーん、それは一理あるでしょうけど、王宮にその内部監査室の者を逗留させてまで調べたいという主張はどうなのかしら？　問題になりはしないかしら？」

「神官長もそう思ったらしく、どうしたらいいのか分からないから相談したいと使者を送ってきたらしいよ」

「まぁ、そうよね。神殿と王族は不干渉が暗黙のルールですもの。イレーナはルールを破って王宮に入りびたりだったけれど……あ、もしかしてイレーナの行状を調べるために王宮に調査員を派遣したいというのね？」

「はい。そのようです」

カーティスが頷いて、ロイスリーネを見つめた。

「いかがいたしましょうか、王妃様。一応筋は通っているのですが、どうにも引っかかりを覚えてなりません。このタイミングですからね。ただ、消息不明の一行の調査に協力しなかったと言われるのも国としては困ります」

「そうね……」

ロイスリーネはジークハルトならどうするだろうかと考える。安全を取るだろうか。それともあえて受け入れただろうか。

「なるべく部外者が王宮内をうろつく事態は避けたいわよね。でも……消息不明になった一行のことを放置するわけにもいかないわ」

「そうですね。ですから我々は条件付きで受け入れたらどうかと考えております。どのみち彼らの動きを監視しなければなりませんから」

「そうね。結局監視しなければならないとすれば、少なくとも王宮内なら兵士もいるし、人の目もあるから監視しやすいわよね。分かりました」

決断すると、ロイスリーネはカーティスを見返しながら口にした。

「それでは神官長には、人数を最小限にすること、そして活動中は見張りを付けさせてもらうという条件でなら受け入れると伝えてください」

「はい、承知いたしました。……陛下と同じ条件をつけるとは、見直しました」

最後の方は小さな声だったので、カーティスが言った言葉はロイスリーネの耳に入ることはなかった。

実はカーティスたちとジークハルトはすでに心話で協議していて、ほぼ同じ結論を出していたのだ。けれど、ジークハルトは王妃としてのロイスリーネの意見も尊重したい、どういう結果が出てもそれに従うようにと彼らに言い含めていたのだ。

次にロイスリーネはライナスに視線を向けた。

「ライナスさん。兵士だけでなく、魔法使いたちにも彼らを監視してもらっていいでしょうか？　内部監査室の人間なら魔法を使えてもおかしくありませんから。怪しい動きをしないか魔法の面からも見張っていてほしいのです」

ライナスはにっこり笑って頭を下げた。

「御意にございます、王妃様」

――こんな感じで大丈夫かしら。陛下ならどう決断するか考えたつもりだけれど……。

カーティスやエイベルの表情を見るに、それほど間違った決断をしたわけではないようだ。

内心安堵していると、リグイラがつと前に出た。

「結論は出たようだね。神殿に逗留する審問官たちの監視はあたしら『影』が請け負うよ。もともとそのつもりだったしね」

「ありがとう、リグイラさん」

ホッとしたのも束の間、リグイラが驚くようなことを告げる。

「ところで、あたしが今日ここに来たのは別の報告があったからだ。残念な知らせだよ、リーネ。一昨日、ゲールからエイハザールの荒野に着いたから捜査を開始するという連絡が入った。だけどその連絡を最後に、ゲールも音信不通になっちまった」

「…………は？」

脳が情報を処理するのに時間がかかり、たっぷり十秒は経ってからロイスリーネはあんぐりと口を開けた。

「マイクさんに続いてゲールさんも行方不明ですって……!?」

――一体、何が起こっているの？

頭がクラクラした。あまりにいっぺんに色々なことが起こりすぎて処理しきれなくなったのだろう。

「リーネ様、しっかりなさってください」

くらりと傾きかけたロイスリーネの身体を、横にいたエマが慌てて支える。

「だ、大丈夫。問題ないわ」

いや、大丈夫ではないかもしれない。

――へ、陛下！　私やっぱり無理かも！　ルベイラにはあなたの存在が必要なんです！

切実に、切実に、ロイスリーネはジークハルトの復活を天に祈るのだった。

第五章 お飾り王妃、ついに我慢できなくなる

条件付きで活動することを許可した二日後、ニコラウス審問官は部下を連れて王宮にやってきた。

「お初にお目にかかります。私はファミリア大神殿の内部監査室に所属する一等審問官のニコラウスと申します。国王陛下、並びに王妃陛下。我々を受け入れて下さってありがとうございました」

謁見の間に朗々としたニコラウス審問官の声が響く。

ジークハルトに扮したエイベルと並んで玉座に座っている、よそいきの笑顔――自称「王妃の微笑」を浮かべながら、ロイスリーネはニコラウスを観察した。

審問官ディーザよりも年上らしいニコラウスは、二十代後半か三十代前半のように見える。背は高いが全体的にほっそりとしており、神官らしい容姿をしていた。

玉座から少し離れたところに立っているのでロイスリーネの位置からははっきりしないが、目の色は紫だろうか。内部監査室所属であることを示す黒の神官服に、首元で一本

に括られた長い金髪が妙に映えている。

言葉遣いは丁寧で、外見もさることながら、無愛想な感じの審問官ディーザとは対照的な印象だった。

「礼は不要だ、ニコラウス審問官。ガイウス元神殿長と偽聖女イレーナのことは我が国も無関係ではない。できる限りの協力はしよう」

エイベル……いや、国王ジークハルトが威厳たっぷりに返す。外見も声も、無表情でどこか淡々とした口調も、どこからどう見てもジークハルトその人である。普段からジークハルトに接している人間でなければ、ここにいるのは魔法で変身した身代わりだと見抜くことは不可能だろう。

――さすが、エイベルね。

長い間ジークハルトの代役を務めていただけのことはある。

感心していると、ニコラウス審問官が優雅に頭を下げた。とても自然で、角度も完璧な礼だ。

――もしかしたら、ニコラウス審問官は貴族出身なのかもしれないわね。

神殿に入ると（建前上は）貴族と平民の区別はないので、自ら言わない限り分からないが、意外と貴族の子弟が神官になる例は多い。爵位や財産は嫡子だけしか相続できないので、長男以外は家を出て自活していかなければならないからだ。

軍に入って兵士になったり、文官になって仕官する者が大半だが、神殿に入るという選択肢を選ぶ者も一定数いる。

——確か、ジョセフ神殿長も貴族出身だって聞いたことがあるわ。どの家の出身かまでは知らないけれど。

ジョセフ神殿長は自分から身分を明かすタイプではないので、ロイスリーネもあえて尋ねたことはなかった。

——もしかしたらニコラウス審問官も言わないタイプなのかもしれないわね。

「神殿の方は私の第一の部下であるこの者が中心となって調査することになっております」

ニコラウス審問官は、斜め後ろに控えていた黒い神官服姿の青年を示した。

「王宮へは私と、他に三人の部下たちが逗留して調査させていただくつもりです」

その言葉にロイスリーネは初めて口を開いた。

「こちらへはニコラウス審問官が？　神殿での調査がメインだと聞いておりましたが、あなたがいなくて構わないのですか？」

「はい。王宮で何かトラブルが起きた場合のことを考えて、私がこちらに赴いた方がいいと判断しました。もちろん、トラブルなど極力起こさせないように致しますが」

「そうしてくれ。トラブルなどないに越したことはないからな」

ジークハルト（エイベル）は冷ややかに言って言葉を切ると、ニコラウス審問官を見下ろした。

「ニコラウス審問官。東館の一翼に貴殿らの部屋を用意した。条件は先に言った通り、質問したい者を東館に呼んで調査を行うこと。貴殿らが東館を出ることを禁止はしないが、出歩く場合はこちらの者が同行する。それと、決められた建物以外には立ち入らないこと。それらを守ってくれるなら、王宮内での調査を許可しよう。それで構わないか？」

ニコラウス審問官はにっこりと笑って頷いた。

「はい。もちろん構いません。ご厚意、感謝いたします、陛下」

ジークハルトの横に立っていたカーティスがスッと一歩前に出る。

「初めまして、ニコラウス審問官殿。私は宰相を務めているカーティス・アルローネです。調査が円滑に行えるように宰相府が全面的に協力いたしますので、どうぞよろしくお願いいたします」

「慣れない王宮での調査にご協力いただけるとのこと、感謝いたします。宰相閣下」

カーティスとニコラウス審問官はにこやかに笑いながら挨拶を交わしている。和やかな光景だが、ロイスリーネにはなぜか互いに牽制し合っているように見えた。

どうやらニコラウス審問官はカーティスと同類で、微笑に色々なものを隠して見せないタイプのようだ。

腹の探り合いが終わり、カーティスがジークハルト（エイベル）の横に戻った。それを合図に、ジークハルト（エイベル）はニコラウス審問官に尋ねた。

「ところで、ニコラウス審問官。一つ疑問なんだが、大神殿は消息を絶ったディーザ審問官の一行を探すために捜索隊を組んで、すでにエイハザールの荒野に向かわせたと聞いている。それなのに、なぜ内部監査室でまた別の調査隊を組む必要があった？　捜索隊に合流すればよかったのではないのか？」

　これはあらかじめカーティスがエイベルに質問をするように指示していた疑問だ。なぜ内部監査室で独自調査をしているのか。

　そもそも、内部監査室に所属している審問官が、護送されてくるはずだった人物たちを含めて消息不明になっているのだ。まずはそちらの捜査が優先されるべきとも言える。にもかかわらず、なぜ別にチームを組んでルベイラまで送り込んできたのか。

　もしかしたら大神殿の内部で何か起こっているのかもしれない、というのがカーティスの見解だ。それがはっきりしない限り、うかつに協力するわけにはいかない。

「それは……」

　微笑を浮かべていたニコラウス審問官の顔がほんの少しだけ陰った。彼はしばらく逡巡した後、小さなため息をついて、口を開いた。

「仕方ありません。協力を仰ぐのですから、恥を忍んでお答えいたしましょう。実は……ディーザ審問官には、前からクロイツ派と通じているのではないかという疑惑があったのです」

「なに？」

「え⁉」

謁見の間にざわめきと驚きの声が広がっていく。皆驚きを隠せなかった。

「……ファミリア大神殿のディーザ審問官がクロイツ派と？　それは本当か、ニコラウス審問官」

ジークハルト（エイベル）が眉を寄せながら尋ねると、ニコラウス審問官は重々しく頷いた。

「残念ながら本当です。半年ほど前、大神殿の資料保管室から貴重な文献が数度にわたって盗まれるという事件が起こりました。内部監査室では資料保管室に勤務している司書の一人が怪しいと考え、密かに内偵をしていたのです。結果、その司書が犯人と判明し、盗まれた文献はすでに売却されていたことが分かりました。それらの売却先となったのが、隣国で古美術商を営んでいた男です。調べたところ、その男は表向きはただの古美術商ですが、どうやらクロイツ派と深いかかわりがあるようで、裏で色々な宗派の神殿から貴重な文献を、人を介して買いあさっていたことが判明したのです。我々はその古美術商を捕まえようとしました。ところが、その動きを予期したかのようにすんでのところで男は逃亡し、行方をくらませてしまったのです。タイミング的にこちらの情報が男に漏れていたとしか思えません」

「その情報を男に流したのが、ディーザ審問官だと？」

「はい。それ以前からディーザ審問官と男が何度か接触していた事実は調べがついています。ディーザ審問官本人は自分が追っている別件の調査で接触しただけだと否定していましたが、上官である私が断言します。ディーザ審問官が当時扱っていた別件は、クロイツ派と関係していると見られる男とは無関係のものです。従って彼の言い分は嘘ではないかと私は思いました」

ニコラウス審問官のある言葉が気になってロイスリーネは口を挟んだ。

「待って、今、ニコラウス審問官は『上官である私』と仰っていましたよね？　つまりディーザ審問官はあなたの……？」

ニコラウス審問官は苦笑を浮かべた。

「はい、不肖ながら部下です。部下といっても監督兼同僚みたいなもので、ここにいる部下のように私の下に直接付いていたのではありません。ディーザは二等審問官として彼自身のチームを率いて別の案件を追っていました。私は事後に報告書を受け取り、それを上官である内部監査室の室長に渡すだけでしたので、ディーザが追っていた案件の詳細までは分かりませんが、それでもあの古美術商と接点があるものではないと断言できます。他にもクロイツ派の思想に染まった下級神官の処分では手心を加えたような形跡が見られました。このことから、私はディーザとクロイツ派には何か接点がある。もしくはクロイツ派のスパイなのではないかと疑うようになりました」

「……ディーザ審問官がクロイツ派とかかわりがある男に情報を流していたというのなら、なぜあなた方は彼を捕まえずに放置していたのですか？」

顎に手を当てて何事か思案しながらカーティスが問う。ニコラウス審問官はやるせなさそうに首を横に振った。

「男と接触していたのは確かですが、情報を流したという証拠がなかったからです。密かにディーザ審問官の近辺を探ってクロイツ派のスパイである証拠を掴もうと思ったのですが、なかなか決定的な証拠が出ないまま半年が過ぎました。そして今回の件が起こったのです」

「ガイウス元神殿長と聖女イレーナの件だな？」

「はい。実は、本来であれば今回の件は私が受け持つはずだったのです。ところが、ディーザが『自分がやる』と室長にかけあって強引に自分の担当にしてしまったのですよ。今までそんなことはなかったので、何かあるのかと不審に思い、彼の動きを注視していたのですが……」

「エイハザールの荒野でディーザ審問官の一行が行方をくらましてしまった、と」

「ええ。私は今回の件は、ディーザが自ら姿を消したのだと思っています。でなければ馬車ごと、しかも容疑者ごと消えるわけがない。そして、強引にこの件を自分で請け負うと言い張ったことと合わせると、すべての鍵を握るのはガイウス元神殿長と偽聖女イレーナだと考えております」

――ん？　待って。ディーザ審問官とクロイツ派が関係あると仮定して、ガイウス元神殿長と聖女イレーナと一緒に姿をくらましたということは、クロイツ派とあの二人も何らかの関係があるっていうこと？　そういうこと？

「それで二人のことを調べるためにルベイラまで？」

「その通りです。ディーザたちの行方は捜索隊が見つけるでしょう。ですから私はあの二人の動きを調べ直すことで、ディーザたちの手がかりを得たいと思っております」

「なるほど。……筋は通っている、か」

ジークハルト（エイベル）はそう呟き、カーティスと顔を合わせてアイコンタクトを取る。それからニコラウス審問官に告げた。

「そういうことなら協力しよう。先ほど言ったようにガイウス元神殿長と偽聖女イレーナについては無関係ではないからな。ましてクロイツ派と関係があるとなれば……」

言葉を切り、ジークハルト（エイベル）はニコラウス審問官に鷹揚に頷いてみせた。

「何か必要なものがあれば、宰相府を通じて言ってくれ。できるだけ融通するつもりだ」

「ありがとうございます、陛下。それでは失礼いたします」

ニコラウス審問官は再び優雅で完璧な礼を取ると、部下を連れて謁見の間を出ていった。

（……あいつの言っていたこと、本当だと思うか？）

謁見を終えて執務室に戻ってきたジークハルト（エイベル）たちを待っていたのはうさぎだった。

ジークハルトはうさぎの身で謁見の間に入るわけにはいかず、執務室からライナスを通じて魔法で彼らのやり取りを聞いていたのだ。

ちなみにロイスリーネはこの後に公務が控えているため、急いで部屋に戻っていった。別のドレスに着替える必要があるそうだ。

カーティスが首を横に振る。

「ディーザ審問官がクロイツ派と通じているという話ですか？　真偽は私には分かりませんが、ニコラウス審問官が相当な食わせ者だというのは確かでしょうね。表情を読まれないようにしていましたし」

（ライナスは？）

「私も分かりかねます。嘘を言っているようには見えなかったですが、かといって真実かと言われれば」

（そうか。俺はどこか違和感を覚えたな。理由は分からないが奴を見た瞬間、毛が逆立った）

「ジーク、うさぎになった時は特に感覚が鋭くなるものね。動物の勘ってやつかな」

ジークハルトの姿から戻りながらエイベルが言った。

「僕もジークの意見に賛成かな。ニコラウス審問官の言っていることは一応筋が通っていたけど、何か引っかかるんだよね、うまく言い表せないけど」

「いずれにしろ、今の時点で判断するのは早計でしょう。まずは十分注意すべきかと思います」

カーティスの結論にライナスも頷いた。

「ええ、私もそう思います。彼らは調査の間王宮内に留まるらしいですからね。万が一のことを考えて王妃様の警備を増やすべきかと。……大神殿の連中に王妃様の祝福のことが知られでもしたらやっかいですから」

（ああ、その通りだ）

彼らはロイスリーネのギフトのことを知れば必ず自分たちの懐に入れようとするだろう。『神々の寵愛』という稀有なギフトはこれ以上なく神殿の権威を高めてくれるからだ。

――ジョセフ神殿長のように出世に興味もなければ神殿の権威に関心もない人物であれ

ば、問題ないのだがな……。何しろあの人もルベイラ王家の血を引いているし。

ジョセフ神殿長の元の名前はジョセフ・アルローネ。アルローネ侯爵家の一員で、カーティスの叔父にあたる人物だ。

神殿に入った時点でジョセフ神殿長の王位継承権は抹消されているが、本来であればタリス公爵家の当主と嫡男、そしてカーティスの次に王位継承権を持つ人物となるはずだった。だが社交界に顔を出す年齢になる前に初代国王ルベイラと女神ファミリアの関係に興味を持ち研究を始め、それが高じて貴族であることを捨てて神殿にまで入ってしまったのだ。

周囲が考えていた以上に神官の適性があったのか、ジョセフはその誠実な人柄もあってあっという間に出世し、ついには枢機卿にまでなり、神殿長としてルベイラに戻ってきた。

「人生どう転ぶか分かりませんな」というのがジョセフ神殿長の口癖だ。

まさしく数奇な運命を歩んでいる人物と言えよう。

(カーティス。ジョセフ神殿長から連絡はあったのか?)

「いいえ。捜索隊が帰還していないようですので、まだ大神殿を出発したという連絡はありません」

(そうか。神官長は頑張ってくれているが、どうも頼りないから、ジョセフ神殿長には早く戻ってきてもらいたいのだが……）

「そうですね。ローゼリア様やロレイン様も心配してルベイラの神殿に残ってくださっていますが、いつまでもご厚意に甘えているわけにもいきませんし……」

本来であればそろそろ帰国の途につかなければならない二人だったが、ジョセフ神殿長が戻ってくるまではと未だに神殿に滞在中だ。

しかもローゼリアは、ジークハルトが人間に戻れない件が解決しない限り、心配だから戻らないと言ってくれているそうだ。

（ロイスリーネも母親が近くにいることは嬉しいと思いながらも、ロウワンで待つ皆のことを気にして申し訳なく思っているみたいだしな。……せめて、人間の姿に戻って心労を減らしてやりたいのだが……）

問題は山積みで、さすがのジークハルトもお手上げといった状態だった。

「ところでジーク。マイクとゲールの消息を追って捜索隊を送り出そうとした王妃様を止めたんだって？」

（ああ、送り込んだ部隊がさらに行方不明という事態にならないとも限らないからな。リグイラも同意見だ。二人をこのまま見捨てるつもりはないが）

そう。それについてもジークハルトは頭を痛めていた。いずれにしろ捜索隊を組むことになるだろう。けれど、神殿にいる内部監査室の連中も監視しなければならない今、まとまった人数を向かわせるには人員に余裕がないのが現実だ。

（八方ふさがりだな）

そしてこんな時に動けず周囲に負担をかけている自分が歯がゆくてならない。

「今は状況を分析して待つしかありません。少なくとも内部監査室の連中が何事もなくルベイラでの調査を終えれば、人員にも余裕ができるでしょう。それまでは我慢です、陛下」

（そうだな……。マイクもゲールも『影』の内では古参で実力もあり、経験も豊富だ。あの二人ならば敵地の真ん中であっても生き延びているはず。……そう信じているが……いや、暗い予想はやめよう。何にもならないからな）

今ジークハルトにできるのは、マイクとゲールの無事を祈ることだけだ。

ジークハルトは執務室の窓から外を見つめて、遠いエイハザールの荒野を思う。

――マイク、ゲール。お前たちのいない『緑葉亭』は静かすぎて別の店みたいだと皆言っているぞ。リグイラもキーツも心なしか元気がないそうだ。覇気のない女将なんて女将じゃないと、お前たちならそう言って笑い飛ばすだろうに。

表面上は何もないように振る舞っているが『影』の誰もが心配し、捜しに行けない現実を悔しがっている。

――マイク、ゲール。必ず無事でいろ。

ジークハルトは祈った。何度も、何度も。天に届くように。

その頃、『影』の一員であるゲールは驚きの渦中にあった。

「うーん、こんなに驚いたのは十何年ぶりかもな。少なくとも俺の人生で五指に入る驚きだわー」

ゲールはディーザ審問官の一行とマイクを捜索するためにルベイラを出発し、ようやく消息を絶ったとされるエイハザールの荒野に着いた。そしていざ彼らの痕跡を捜し始めて間もなくのことだった。

突如として強烈な光に襲われたのだ。

襲われたという表現が正しかったのかは今も分からない。ただ突然現われた光に覆われて、意識を刈り取られたことだけは確かだ。

そして目を覚ました時には、元の場所から何百キロも離れた地点にある洞窟の中にいた。

洞窟はかつて荒野を横断するキャラバンが休めるようにと人工的に掘られたものらしい。奥行きはあまりないが、昼間の強烈な陽の光を避けたり、吹きつける強風を遮るのには十分だった。

はて、なんで自分はこんな場所にいるのか。首を傾げながら悠長にも洞窟内を確認のため歩き回ったりしていたのは、周囲に人の気配も、魔力も感じられなかったからだ。

だが、それは突然現われた。

「はーい。こんにちは！　目が覚めたみたいね」

背後から聞こえてきた声に、とっさにゲールは戦闘態勢に入る。けれど、振り返った瞬間目に映ったもののせいで、ゲールは先制攻撃しようとした姿勢のまま、固まった。代わりに混乱の渦に叩き込まれる。

「……こりゃ、驚きだ」

そこにいたのは小さな小さな——体長三十センチにも満たない小さな女の子……の姿をした人形だった。背中を覆う黒い髪、まつ毛に縁どられパッチリとした目は緑色をしている。

高価な陶器人形でもなく、職人の手による精巧に作られた人形でもない。フェルトと糸と綿と布で作られた手作り感あふれる人形だった。

そしてゲールはその人形が何なのかを知っていた。

「リーネちゃんがお姉ちゃんからもらったという人形のジェシー、だよな？」

ロイスリーネの侍女のエマが、主が『緑葉亭』に行っている間、魔法でロイスリーネに変身させて身代わりにしている人形でもあった。

なぜゲールがジェシー人形を知っているかと言えば、王宮内でロイスリーネの護衛の任務についていたことがあるからだ。

ロイスリーネは気づいていないが、外出中や公務中だけでなく彼女が自室にいる間もしっかりと『影』たちから護衛されているので、皆ジェシー人形が王妃不在の時に身代わりとなっている事実を知っていた。

「そうとも言えるし、違うとも言えるわ」

答える声は、心なしかロイスリーネによく似ている。

――いや、あれ、どこから声出してんだ？

そんな場合じゃないのに、なぜかゲールは妙なことが気になってしまう。もしかしたら脳が現実逃避したいのかもしれない。

「えっと、ジェシー人形じゃないとも言えるし、ジェシーであるとも言えるっていうことかな？」

「そうよ。この身体はジェシー人形だけど、中身はファミリア様の眷族神である私が動かしているのよ」

「女神の眷族神……」

「ええ、愛し子がようやく自分のギフトのことを知ったから、私たちも動けるようになったの。で、おあつらえ向きに極上の魔力を込めた魔石の入った手ごろな身体があったので使わせてもらったわ」

「そっかぁ、ジェシー人形はおあつらえ向きだったかー」

おうむ返しに言いながら、ゲールは理解することを放棄した。おそらく聞いても分からないし理解できないだろう、と。

残念ながらゲールはロイスリーネが母親のローゼリアから説明を受けていた場にはいなかった。その前日にマイクを捜索するために王都を離れたからだ。

もしゲールがローゼリアの話を聞いていたら、ジェシー人形の中身について予想がついたかもしれない。

だが、知らずともゲールは『影』の勘とも言うべきもので、目の前の人形（の中身）が敵ではないと判断することにした。

「まぁ、リーネちゃんの人形だしな！」

人形がしゃべることも、そういうものかとゲールは受け入れる。なぜならロイスリーネの人形だから。あの存在自体が奇跡のような女の子の人形ならば、女神の眷族神とやらの入れ物になってもおかしくないと思った。

「理解が早くて助かるわぁ。前に助けた二人も、一人はあなたと同じ反応だったけど、もう一人が全然信じてくれなくてね。困ってしまったわよ。今はどうにか理解できたみたいだけど」

――ん？　その、前に助けた二人ってもしかして？

「あー、ジェシー人形ちゃん、その助けた二人とは――」

「あ、侍女さんがこの子を探してる！　急いで戻らなきゃ。おじさん、ここにいてね。って、結界が張ってあるから、どこにも行けないだろうけど。後で、前に助けた二人と会わせてあげるわね。三人にやってもらいたいことがあるの。二人だけだとちょっと心許なかったから、おじさんが来てくれて助かったわ。じゃあ、また後で！　その時にはご飯持ってくるわね。人間ってご飯食べないと生きていけないらしいから」

「え、あ、ちょっと、ジェシー人形ちゃん、ちょいま――」

　待って、と言い終える前にジェシー人形は全身から光を発し、一瞬後にはその場から消え去っていた。後に残ったのは困惑したゲールのみ。

「魔力も感じなかったぞ、おい。どういう移動方法だ？　いや、それよりもここにいろと言われても……」

　ゲールは途方に暮れる。一体、何がどうなっているのか。

　ただ一つ言えるのは、ジェシー人形が言っていた前に助けた二人のうちの一人がマイクである可能性が出てきたということだ。

「ひとまず部隊長と副隊長に連絡……って、通信できねぇ!?」

　心話を飛ばそうとしても、まるで通じている手ごたえがない。実際通じていない。何度やっても、どうやっても、誰にも連絡がつかなかった。

「もしかして、マイクから連絡がこないのも、こういうことか？　いや、それよりもどうすんだよ、これ……」

　洞窟の外に出ようとしても、無理だった。一歩外に出たと思ったらどういう原理なのか洞窟に逆戻りしているのだ。何度繰り返しても同じだった。

「……八方ふさがりじゃん」

　連絡もできない。脱出もできない。ここにいるしかない。

　普段は能天気なゲールも、さすがに洞窟の中でしゃがみこんで頭を抱えるしかなかった。

「リーネ様、久しぶりの『緑葉亭』ですね」

　エマがロイスリーネの髪を三つ編みに結いながら明るい声で言った。

「ええ、そうなの！」

　答えるロイスリーネも満面の笑みを浮かべている。

　今日は珍しく午前から午後にかけて公務が入っていなかった。そこでロイスリーネは久しぶりに『緑葉亭』に行くことにしたのだ。

「もう半月も店に行っていないわ。時々王宮まで報告に来てくれるからリグイラさんとは会えるけれど、キーツさんとはもうずっと顔を合わせていないもの。早く会いたいわ。常連客の皆にもね」

「きっと皆さんもリーネ様のことを心配してくださっていますよ。さ、結い終わりました」

「ありがとう、エマ」

鏡台から立ち上がり、鏡の前でくるりと一周してみせる。ワンピース姿に髪をおさげに結って眼鏡をかければ、もうどこから見ても『緑葉亭』の看板娘のリーネだ。

「やっぱりこの服が楽だわ～」

鏡に向かってにこにこしていると、エマが安堵したように微笑んだ。

「よかったです、元気になられて。ここしばらくの間、リーネ様は笑っていてもどこか苦しそうでしたから」

「え？　そうだったかしら？」

「公務で忙しいということもあったと思いますが……いつも気を張りつめて無理をして笑っていらっしゃいました。そんなふうに心から笑った顔を見たのは陛下が目覚めなくなって以来です」

「……自分では気づかなかったわ。普通にしているつもりだったし……」

皆が気遣ってくれているのが分かっていたので、ロイスリーネはできる限り普段通りでいようと思っていた。ジークハルトが不在で不安なのはロイスリーネだけではないのだから、皆に心配をかけまいと忙しく公務をこなしてきた。

——だって、私まで狼狽えたりしたら、余計に不安にさせてしまうもの。上に立つ人間は何があってもどっしりと構えているべきだと思ったから……でも、エマはそれすらもお見通しだったのね。

「ごめんなさい、心配かけて。でももう大丈夫！ だって『緑葉亭』に行けるんだもの。きっちり働いて王妃業のストレスを発散してくるわ」

元気よく笑って言うと、エマは顔を綻ばせた。

「やっぱり巨大な猫を被って王妃っぽく振る舞うより、給仕係をしている方がリーネ様らしいです。さて、そろそろ行く時間ですね。ジェシー人形に魔法をかけなくては」

「ジェシー人形も久しぶりに出番ね」

ロイスリーネたちは笑いながら寝室を出た。すると、居間では侍女たちが何かを探すようにキョロキョロとしている。

「一体何をしているの？」

尋ねると、ロイスリーネの姿に気づいた侍女が顔を上げた。すっかり人形の衣装係になっているカテリナである。

「あ、王妃様！　ジェシー人形に新作の洋服を着せようと思ったのに、見当たらなくて」

「え？　ジェシー人形が？」

　そういえば定位置のソファや椅子に人形の姿がない。

「――あれ、既視感？　前にも同じようなことがあったような……」

「あ、あったわ！」

　一人の侍女が部屋の隅に置いてあった丸いサイドテーブルの上を指さした。見ると、テーブルの上にジェシー人形がちょこんと載っている。

「いつの間にあんなところに？」

「さっきテーブルを見た時、人形なんて載ってなかったのに……」

　侍女たちは一様に腑に落ちないような顔をしている。なんでも時々、同じようにジェシー人形が定位置ではなく別の場所にポンと置かれている時があるのだという。

「最初は誰かのいたずらだと思ったのですが、誰もそんなことをやっていないと言うのです」

「まるでジェシー人形が自分で歩いているみたいだって。もちろん歩いている姿を誰かが見たわけではないのですが」

「幽霊がジェシー人形を動かしているんじゃ、なんて言う者もおります。あとは魔法で動かしているとか」

「そんなことが……」

どうやらロイスリーネの知らないところで、ジェシー人形が場所を移しているという現象が何度も起こっているらしい。

公務に追い立てられていなければ、ロイスリーネも早くその異常事態に気づくことができただろう。

――私、だめね。自分のことで精一杯で、周囲に目が行き届かなかったみたい。

心の中で反省しながらロイスリーネは声を上げた。

「皆、聞いて。今度ライナスさんに会ったらジェシー人形を視てもらうことにするわ。魔法ならば痕跡が残っているでしょうし、幽霊の仕業なら残留思念があるはず。もしかしたら人形の中に入っている魔石の調子が悪くて暴走しているということもあるかもしれない。もちろん、誰かの手の込んだいたずらという可能性もなくはないわ。とにかく、そこではっきりさせることができると思うから、安心してちょうだい」

「は、はい。王妃様」

「分かりました。騒いで申し訳ありません」

ロイスリーネの斜め後ろに控えていたエマがここぞというタイミングで告げる。

「あっ、リーネ様。そろそろ行かなければ遅刻してしまいます。カテリナさん、魔法でジェシーをリーネ様に変化させるので、人形にドレスを着せるなら早めにお願いします」

「申し訳ありません、急いで着せますわ」

　カテリナは慌ててジェシー人形にドレスを着せ始める。どうやら今回はいつものゴテゴテのドレスとは違い、シュミーズドレスに近いもののようだ。

「できましたわ、エマさん」

　ドレスを着せられたジェシー人形はソファにちょこんと座らされた。エマはそこへ近づくと、人形の頭に手をかざし口の中で呪文を唱える。

　するとジェシー人形はたちまちロイスリーネそっくりの姿になり、次第に大きくなっていく。そしてロイスリーネと寸分変わらないサイズになったところで変化は止まった。

「できました」

「あら、まぁ、これは素敵ですわ」

「いつもと違う趣向だけれど、カテリナ、やるじゃないの」

「背中のリボンが秀逸です！」

「まるで王妃様が天使のようだわ」

　——いえ、天使は大げさよ⁉

　と心の中で突っ込みを入れながらも、ロイスリーネは侍女がそう思うのも無理はないと思った。

　ジェシー人形に着せられたのは、白いドレスだ。シンプルなデザインだが白いレースとサテンを巧みに組み合わせて作られているので、安っぽさはなく、それどころかシックでとても上品に見える。

そしてこのドレスの一番の特徴が背中を覆う大きなリボンだ。前から見ると羽のようにも見えるように計算されている。このリボンを活かすためにあえてドレスのデザインを最小限にしているのだろう。

白いドレスと相まって、まるで絵画に描かれた女神ファミリアに仕える天使のようだった。……外見がロイスリーネでなければ。

天使として描かれるのはたいてい金髪なので、黒髪のロイスリーネとはどう考えても程遠く、なんだかお芝居の衣装のようにも見えてしまうのが難点だった。

「リーネ様、そろそろお時間が……」

エマが心配そうに促す。ロイスリーネはハッと我に返った。

「あ、いけない。では行ってくるわね。みんな留守番よろしくね」

「はい、行ってらっしゃいませ、王妃様！」

「気をつけていってらっしゃいませ、リーネ様」

ロイスリーネは寝室に戻って姿見兼秘密の通路への入り口に駆け込んだ。

たのだ。

「遅くなってごめんなさい！」

『緑葉亭』に到着した時は、いつもの出勤時間からほんの少し過ぎていた。秘密の通路を使うこと自体半月ぶりだったので、いつもより慎重に進んだ結果、遅くなってしまったのだ。

「別に走ってくることなかったのに」

「そういうわけにはいきませんよ。……ああ、店に戻ってこられてよかった！」

感慨深げに店内を見回していると、厨房からキーツが現われる。

「おう、半月ぶりだな」

「キーツさん、お久しぶりです！」

嬉しくなって駆け寄ると、キーツはめったに浮かべない笑顔を見せて、ロイスリーネの頭をポンポンと軽く叩いた。

「王宮は大変なんだってな。でもよく頑張っているって聞いたぞ。さすがうちの看板娘だ」

「えへへへ。これでも一応、王妃ですから。陛下がいない間、私が頑張らないと」

「だが一人で頑張りすぎるなよ。こういう時は周囲に頼ったっていいんだ。何しろお前さんの周囲には進んで手助けしたいという連中が集まっているんだからな」

「はい。エマにも言われました。私は気を張りすぎて無理をしているって」

「お前さんは真面目だからなぁ。カインにもそういうところがあるが……夫婦揃って周りのために無理しすぎるなよ」

「はい……」

カインの名前を聞いてロイスリーネの胸がギュッと締めつけられた。

ジークハルトが呪いで目覚めないのだから、当然カインにも会えない。

――カインさん。ジークハルト陛下……。私、いつまで頑張ればいいんだろう……？

鼻の奥がツーンとなって、目に涙が滲んできた。このままでは泣いてしまうかもしれない。

その時だった。リグイラの叱咤するような声が飛んでくる。

「湿っぽい話や近況報告は後だよ！　準備しないと開店に間に合わなくなる」

ロイスリーネはキーツと顔を見合わせ、ふっと笑った。

「そうですね、開店準備しなきゃですね」

「急ぎな！」

「はい！」

リグイラの声に押されるように、ロイスリーネとキーツは慌ただしく動き始めた。

「いらっしゃいませ～！」

開店の時間になり、常連客や定食を求める客がどんどん店に入ってくる。

「お、今日はリーネちゃんがいるのか！」

「久しぶりだな。しばらく店に来なかったから心配していたんだ。もう体は大丈夫なのか？」

常連客がロイスリーネの姿を見て声をかけてくる。どうやら不在を、「リーネは体調を崩している」と言ってごまかしていたようだ。

「心配かけてすみません。だいぶよくなったので、今日はためしに来てみたんです」

「そうか。あまり無理すんなよ」

「ありがとうございます。あ、こちらの四番テーブルにどうぞ。注文はいつもの日替わりでよろしいですか？」

すっかり給仕モードになったロイスリーネは、笑顔を浮かべながらテキパキと客をさばいていく。

――ああ、やっぱり王妃よりこっちの方が性に合っているわ。

飾らなくていいし、相手が言っている裏の意味を考えなくてもいい。軽妙なお客さん同士の会話を聞いているだけで楽しい。

……でも、とても楽しく働いているはずなのに、店の戸が開くたびに期待してがっかりしている自分がいる。

「いらっしゃいませ」

「席は空いている？　一人なんだけど」

「はい。カウンターでよろしければ空いています」

――ばかだなぁ、私。カインさんが姿を見せることはないって分かっているはずなのに。

見知らぬ客を席に案内しながら、ロイスリーネは胸の奥の痛みからそっと目を逸らした。

それから三時間後、店は昼の営業を終えた。

ロイスリーネは「休憩中」の看板を表に掲げて店の中に戻る。

「お疲れさん、リーネ」

まかないが乗った盆を手にリグイラが声をかけてくる。ロイスリーネは苦笑を浮かべた。

「……さすがに久しぶりなので疲れました。心地よい疲れですけど。でもドレスに着替えなくていいのは最高です」

「綺麗なドレスを着られるなら何を引き換えにしてもいいという女性が多い中、元王女で現王妃なのに、給仕の仕事の方がいいなんて言うのはあんたくらいなもんさ。さ、昼食だ。定食の残り物だけどね」

「ありがとうございます。この半月、ずっとここのまかないが食べたくて仕方なかったんです！」

ロイスリーネはスプーンを手に取って嬉々として食べ始めた。

ちなみに今日の定食は分厚いローストビーフのソースがけに、ゴロっとした野菜がたくさん入ったクリームシチューだ。

ローストビーフは柔らかく、香草の効いたハーブソースとよく合う。クリームシチューは野菜から出たエキスの芳醇な香りがミルクの風味と合わさり、絶妙な味のバランスを保っていた。塩と胡椒だけの味付けなのに実に多彩な味わいになっている逸品だ。

笑みを浮かべながらパクパクと口に入れていき、気がついた時には完食していた。

「そんなに慌てて食べることはないのに」

「美味しいから手が止まらなくて」

「はは、そう言ってくれて嬉しいよ」

笑いながらリグイラは隣のカウンター席に腰をかけた。

「そういえば、審問官の一行は、明日で王宮から引き上げるんだって？」

「そうなんです。もう必要なことは調べたし証言を得られたからって、明日の朝一番に神殿に戻るそうです」

王宮に滞在していた審問官たちは皆礼儀正しく、当初心配していたような軋轢やトラブルは一切起こさなかった。こちらはずっと警戒していたのだが、怪しい動きをしている形跡もない。

「少し拍子抜けしました。……いえ、何事もなくてよかったんですけどね。神殿の方に滞在していた審問官たちはどうでしたか？」

「あっちの方は被害にあった神官……つまりイレーナに洗脳されていた神官を中心に話を聞いていたようだよ。ただ、聖女たちや治療師たちには特に証言を取っていない。まぁ、彼らはイレーナの被害者ではあるが、遠ざけられ軟禁されていただけで、直接被害を被ったわけじゃないしね」

「そうですね。神官たちを洗脳魔法で操ったことだけで十分罪に問えるということなのでしょうね。何にせよ思ったより早めに終わりそうでホッとしています」

面倒なことがこれで一つは解決したということになる。後の問題は……。

「リグイラさん、マイクさんとゲールさんから連絡は……？」

「ないね」

リグイラは残念そうに首を横に振る。

「そうですか……」

「だけど、審問官たちがここを離れれば、奴らを監視している者たちの手が空く。そいつらをエイハザールの荒野に向かわせようと思っているんだ」

「ああ、それはよかったです」

安堵はできないが、ひとまず救出の道筋を付けられそうで、ロイスリーネはホッと息を吐いた。

本当はマイクに続いてゲールも消息不明になった時に、すぐ人を派遣したかったのだが、それはやめた方がいいとリグイラに止められてしまった。原因が分からないだけに、他の『影』たちにも何事か起こる可能性を否定できなかったからだ。

「あ、そうだ。リグイラさん、大神殿の派遣した捜索隊が、何も手がかりを見つけられずに戻ってきたという話は聞きました？」

ロイスリーネの問いかけに、リグイラは頷いた。

「ああ、大神殿に送り込んだ『影』から連絡があった。大神殿は今後も捜索を続ける予定ではいるようだが、どの程度の規模になるかは不明だ。あっちも人員と資金に余裕があるわけじゃないだろうからね」

「そうですね……何かしら手がかりだけでも摑めたらいいなと思ったんですが……」

「ああ、でも悪い知らせばかりじゃない。ジョセフ神殿長がようやく帰国できるらしいじゃないか。これでルベイラのファミリア神殿も落ち着くだろうさ。ジョセフ神殿長が帰ってくる頃にはニコラウス審問官の一行は王都を離れているだろうしね」

「はい、ジョセフ神殿長の帰還は最近の報告の中では一番の嬉しい知らせでした」

ジョセフ神殿長が帰ってきたら、ロレインとローゼリアも安心してロウワンに帰国できるだろう。

――あとは陛下が目覚めてくれさえしたら……。

またもや胸がギュッと締めつけられる感覚がして、ロイスリーネは下唇を噛んで耐えるのだった。

「気をつけて帰るんだよ」

「はい。それじゃあ、また」

ロイスリーネは『緑葉亭』を出ると、まっすぐ隠れ家に向かった。出勤する時は気分転換に街を少し散策してから帰ろうと思っていたのだが、なぜかそんな気にもなれない。

隠れ家にたどり着くと、ランプを手に秘密の通路に繋がっている扉から地下へと進む。

通路は狭くて薄暗く、途中で道が分かれたりするのだが、ロイスリーネはなぜか迷わず目的の場所まで進むことができるのだ。

――今思えばこれももしかして、『神々の寵愛』のギフトのおかげなのかしら?

エマが言っていたようにロイスリーネは運がまぁまぁよく、勘も優れている。直感に従って失敗したことはほとんどない。

もしかしたらそれもギフトの力なのか。ただ、残念なことにギフトを使っているという自覚が一切ないので、真相は闇の中である。

「今日は楽しかったわ」

独り言を言いながらロイスリーネは秘密の通路を進む。隠れ家から王宮の自室までどれほど急いでも三十分はかかってしまう。ジークハルトは移動する時、自分の足に強化の魔法をかけることで短時間で移動できるらしいのだが、魔法が使えないロイスリーネは地道に自分の足で歩くしかなかった。

「キーツさんにも常連客の皆さんにも久しぶりに会えたし、美味しいまかないも食べられたし。これであとはカインさんに会えれば――」

自分が呟いた言葉で胸が締めつけられて、ふいにロイスリーネの足が止まった。

ここには誰もいない。心配してくれるエマも、侍女たちも、一緒に頑張ってくれているエイベルもカーティスも。特別な魔法がかかっているこの秘密の通路にだけは、『影』の人も入れないのだと聞いている。

だからこそ、誰もいないからこそ、弱音を吐ける。我慢してきた気持ちも吐露することができる。

「カインさんに、陛下に会いたい……」

呟いたとたん、涙と共にロイスリーネの口から本音がポロポロと飛び出す。

「大丈夫だ、俺が傍にいる、って言ってほしい」

……王妃としてしっかりしないといけないと思うから、誰にも言えなかった。皆不安に思っているのは一緒だから。

でも、本当はロイスリーネ自身が不安で不安でたまらなかった。間違った判断をしてしまわないか怖かった。ルベイラに損害を与えてしまわないか、王妃としてこれでいいのか、この受け答えで大丈夫なのかと何度も自問しながら、王妃の椅子に座っていた。

そのたびに思うのだ。ジークハルトがいなければだめだって。

「会いたい、会いたいの」

国王としてのジークハルトは冷静で無表情で何を考えているのか分からない、まさしく「氷の王」だ。……でもどんな時も変わらぬその表情が、どれほど安心感を与えてくれていたのか、会えなくなって初めて分かった。

「お願い、目覚めて。帰ってきて、陛下……！」

狭い空洞にロイスリーネの嗚咽と涙まじりの悲痛な響きが反響していく。

でもそれに応える声はない。ロイスリーネは独りだった。

……いつまでそうしていただろうか。

ようやく泣きやんだロイスリーネは、ポケットからハンカチを取り出して涙を拭った。

泣いたせいなのか、人前で言えない弱音を吐いたからなのか、ほんの少しだけ気持ちがすっきりしていた。

「このまま帰ったら、エマに泣いたってバレちゃうわね」

歩き出しながら、ロイスリーネはひとりごちる。

「……部屋に帰る前にどこかで休んでからにした方がいいかしら」

でもどこに行けばいいのだろうか。秘密の通路は王宮のあちこちに通じているが、ロイスリーネはよく分かっていない。王妃としていずれきちんと把握しなければならないと思っているが、今の段階でロイスリーネが分かっているのはかつて半年間暮らした離宮の寝室に通じている扉と、本宮の寝室、ジークハルトの執務室、それに一度間違って出てしまった本宮の北棟にある中庭くらいである。

その中でどれが一番休むに相応しいかと言えば、やはりそれは北棟の中庭だろう。

――よし、中庭でしばらく休むことにしよう。

ロイスリーネは秘密の通路を慣れた足取りで進んだ。

しばらくすると三叉路にぶち当たる。三つの通路のうち一番右の道を進み、さらに右側に進めばロイスリーネの寝室の扉に行ける。真ん中の通路を選び、さらに右の壁際に向かって進めば中庭に通じる扉に出られるのだ。

さっそく真ん中の通路に行こうとしたロイスリーネはふと足を止めた。

――そういえばこの左側の道はどこに通じているのかしら？

本宮ではないだろう。

ざっと王宮内の建造物の位置を頭に思い浮かべて、左側の道の方にありそうな建物を探っていく。本宮の左側に位置するのは――

「…………ガーネット宮？」

ガーネット宮。何代か前の国王が愛妾のために建てたとされる離宮で、今は国王ジークハルトの平民の恋人ミレイが住んでいるとされている建物。そして、今現在呪いのせいで目覚めないジークハルトがいるとされている場所だ。

この道を行けばガーネット宮の中に通じている扉が見つかるかもしれない。

「…………」

この時の心情を、後のロイスリーネは「魔が差した」と述べている。

会いたいという思いが発露した直後に、会えるかもしれない手段が目の前に現われたのだ。その誘惑には抗いがたいものがあった。

——ほんのちょっと。顔を見るだけなら……いいんじゃないかしら？

カーティスやライナスは、ガーネット宮は関係者以外誰も入れないように魔法で厳重に守られていると言っていたけれど、地下から行くならライナスたちの結界を邪魔せずに行けるかもしれない。

もし誰かに見とがめられたとしても、王妃である自分なら怒られるだけですむだろうという計算も頭の中で働いた。

——ちょっとだけ、寝顔を見て、生きているって姿を確かめるだけでいいの。

悪いと思いながらも、ロイスリーネは左側の道に足を踏み入れ、そのまま歩いていった。

——そう、こっち。方角は間違っていないはず。私の勘が告げているわ。

しばらく歩いたところで横道への通路を見つけてロイスリーネは足を止める。

――ガーネット宮はこの辺だ。きっとこの通路を行けばガーネット宮のどれかの部屋に出るだろう。

そしてその部屋はジークハルトがいる部屋である可能性が高い。なぜなら秘密の通路は王族が脱出するために作られたもの。王族がいる部屋に出入り口を作るのは当然のことだ。横道を行くと案の定上り坂になっている。きっと上の部屋のどれかに通じているのだろう。

すぐに道は行き止まりになり、その代わりに突き当たりの壁には扉がついていた。ロイスリーネは取っ手を握ると中に人がいるかもしれない可能性を考え、ゆっくりと扉を開けていく。

人が一人通れるくらいの隙間ができたところで、ロイスリーネはそっと身体を中に滑り込ませた。

部屋の中はシーンと静まり返っている。カーテンを閉め切っているせいか薄暗いが、まるで見えないわけではない。掃き出し窓の上部のガラス戸から西に傾きかけた光が部屋に差し込んでいた。

そこは寝室のようだった。部屋の中央には天蓋付きの大きくて立派なベッドが置かれ、カーテンが下ろされている。誰かが中で寝ているのだ。

――もしかして陛下の寝室？　……きっとそうだ。私の勘があの天蓋のベッドに陛下がいると伝えているもの。間違いない。陛下に会えるんだわ！

心臓がドクンドクンと早駆けを始める。ロイスリーネはそっと天蓋ベッドに近づき、カーテンに手をかけた。カーテンをめくり、中を覗き込んでみると――。

「…………え？」

そこにいたのはジークハルトではなかった。

小さな青灰色のうさぎが天蓋付きのベッドの真ん中で丸くなって眠っている。もちろん、ロイスリーネはそのうさぎに見覚えがあった。

「……うーちゃん？」

呟いた声が聞こえたのだろうか。うさぎがふと目を覚まし、顔を上げて――ロイスリーネに気づいて固まった。

どちらがその存在にびっくりしたかといえば、うさぎの方だろう。何しろ書類仕事に疲れて昼寝をするつもりでガーネット離宮の自分の寝室で寝ていて、気配を感じて起きてみたらロイスリーネがいるのだから。

「キュ、キュウ……!?（どうしてロイスリーネがここに!?）」

「どうしてうーちゃんがここに？　……いえ、そういえばうーちゃんはもともとこの離宮で飼われていたうさぎだったものね。でもどうして陛下の寝室に？　そして陛下はどこに

いるの？」

ロイスリーネはキョロキョロと周囲を見回したが、ジークハルトの姿はない。当然だ。目の前のうさぎこそがジークハルトその人で、呪いで目覚めないのではなく、人間に戻れないだけなのだから。

「ギュゥゥ……（まずい、まずいぞ）」

「陛下がここにいるのではなかったの？　別の場所に移されたとは聞いていないのに。……もしかして、私に言わないだけで、陛下は……」

ジークハルトがいるはずの場所にいないというだけで、ロイスリーネの中でどんどん最悪の想像が浮かんでくる。

——もしかして陛下はすでに、亡くなって……。

ロイスリーネの様子が変わったのをまずいと思ったうさぎのジークハルトは、全力でごまかすことにした。

「キュ、キュウゥゥン」

甘えた声を出し、後ろ足だけで立ち上がってロイスリーネの方に前足を伸ばす。まるで抱っこをねだるように。

ロイスリーネはすぐに我に返ってうさぎを抱き上げた。

「まぁ、うーちゃんったら、甘えん坊さんね」

「キュ」

「ところでうーちゃん。陛下を知らないかしら。ここで眠っているはずなのに、いないだなんて……。私の知らないうちにどこかに移動させられたのかしら？」

「……ギュ……」

うさぎのジークハルトは冷や汗をだらだらと流した。幸いなことに毛のおかげで、ロイスリーネは抱き上げたうさぎが緊張と罪悪感で汗だくになっていることに気づいていない。

「あ、ごめんね。うーちゃんが知っているわけないわよね。でもどこに行ってしまったのかしら、陛下は……」

その時、廊下をコツコツと足音を立てて誰かがこちらに向かってくる気配がした。ロイスリーネは慌ててうさぎを抱いたまま姿見の隙間から秘密の通路へと滑り込む。扉を閉めるのと、部屋がノックされたのは同時だった。

「陛下、失礼します」

姿見の奥でロイスリーネはその声を聞いていた。姿は見えなくとも聞き覚えのある声の主は、知っている人物のものだった。

「侍女長……」

「陛下。カーティス閣下がお呼びです。陛下？　……あらいない。もうどこかへ行かれてしまったみたいね」

侍女長は呟くと寝室から出ていった。

ロイスリーネは姿見の内側で呆然と呟く。

「陛下って……」

「ギュ（やばい。バレる！）」

「うーちゃんのことよね。陛下って呼ばれているって言っていたものね。ごめんね、私が通路に連れてきちゃったから」

うさぎのことに関しては周りが見えなくなるロイスリーネは、ここぞとばかりに察しの悪さを発揮していた。ジークハルトは安堵の息を吐く。

「キュ……（よかった。危なかった）」

「カーティスのところに連れていけばいいのかしら。……いえ、ひとまず私は着替えないと。部屋に戻るけど、うーちゃんはどうする？」

尋ねると、うさぎのジークハルトはこれが答えだとばかりにロイスリーネの胸に顔を擦りつけた。

「私と一緒に来てくれるのね。じゃあ、行きましょう」

ロイスリーネはうさぎを抱いたまま通路を戻っていく。けれど、ジークハルトが部屋にいなかったことで動転していたロイスリーネは行くべき方向を間違ってしまっていた。横道から左へ向かうべきところを右側を進んでしまったのだ。本宮からは正反対の方向へ。ジークハルトはジークハルトで、バレそうになったことで動転していたためにロイスリーネの間違いに気づかず、注意を促せなかった。

その結果──。

「……道を、間違えたみたい」

見知らぬ部屋に出てしまったロイスリーネは、うさぎを抱えながら顔を引きつらせる。まったく見当がつかない場所に出てしまったのだ。今のロイスリーネにはここがどの建物かすら分からない。

一方、通路に詳しいジークハルトには、自分たちがどこに出たのか分かっていた。

「キュ……（東館か……まずいな）」

なぜならここは、ニコラウス審問官たちが逗留している場所だからだ。

「仕方ないわ。やみくもに通路に戻って迷子になるよりは外に出て確認しましょう」

ロイスリーネはジークハルトを抱えながら部屋から出た。幸い、人が多くいる建物ではないようで、ロイスリーネたちは誰にも見られることなく出ることができた。

外に出たところで、建物を仰ぎ見て確認する。

「ここは東館ね。思ったより遠くに来ていたのね。『影』の人たち、私がこんなところにいるとは予想もしていないだろうから、今頃慌てているかもしれないわ」

『影』といえども王族だけが入れる秘密の通路に侵入することはできないので、基本的に彼らは出口（ロイスリーネの寝室）の付近で待機している。時間になってもロイスリーネが寝室に戻らないので、心配しているに違いない。

「早く帰らないといけないわ」

踵を返して東館から離れようとしたロイスリーネだったが、自分たちが今しがた出てきた入り口とはまた違う出入り口から誰かが外に出てくるのに気づいて、とっさに近くの木の陰に隠れた。

「あれは……ニコラウス審問官？」

東館から出てきたのはロイスリーネも見知っている人物だった。だが、不思議なことに彼は一人だった。彼らが東館から出る時は兵士と宰相府の役人が付き添う決まりだったはずなのに。

――いくら明日には王宮を出るからって、決まりを守ってくれないのは困るわ。

そう思いながら去っていくニコラウス審問官の背中を見ていたロイスリーネは、彼の向かう方角がおかしいことに気づく。

「あの人、どこに向かっているの？　あっちは彼らが立ち入ることを許可されていない建物ばかりなのに」

怪しさ満点である。ロイスリーネは不審に思い、うさぎを抱えたままニコラウス審問官の跡をつけ始めた。

なんとなくそうしなければならないと感じたからだ。

ジークハルトもロイスリーネとまったく同じことを考えていた。

「ギュ、ギュ（怪しいな）」

ついていって目的を探らなければならない。……だが、問題が一つだけあった。ロイスリーネだ。

うさぎである自分だけならまだいいが、ロイスリーネがこのままニコラウス審問官の跡をつけるのは危険すぎる。

問題は、ロイスリーネをどうやって帰らせることができるかだ。何しろ尾行する気満々で、物陰に隠れながらニコラウス審問官についていくのだから。

——危険なことをするなとあれほど言ったのに！

ジークハルトはうさぎのまま器用に舌打ちをした。

カーティスから心話が飛んできたのは、その直後のことだった。

（陛下、大変です！　ジョセフ神殿長から今しがた連絡がきました。ディーザ審問官はクロイツ派ではありません！　ニコラウス審問官――奴こそディーザ審問官の一行を襲い、壊滅させた張本人で、クロイツ派の幹部イプシロンだったのです！）

「ギュッ⁉（なんだって⁉）」

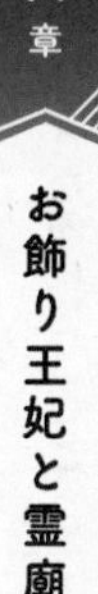

お飾り王妃と霊廟の奇跡

時は少し遡る。

ルベイラに帰還するために大神殿を出発したジョセフ神殿長と聖女マイラ、それに護衛の聖騎士たちは、エイハザール国と神聖メイナース国の間にある荒野を進んでいた。

エイハザール国の領土内にあるため「エイハザールの荒野」と呼ばれているその広大な荒地は、かつては緑豊かな高原地帯だったという。

ところが六百年前「女神の愛し子」を発端とする大戦で戦場となり、緑豊かな土地はすっかり不毛の地へと変わってしまった。原因は当時、飛躍的に発達した大規模な攻撃魔法によるものと言われている。

荒地になってからもしばらくの間は神聖メイナース国とエイハザール各地を結ぶ交易路として、また大神殿への巡礼の道として使われていたが、それも長くは続かなかった。警備の目が行き届かない荒地に逃げ込んだならず者や無法者たちが住みつき、商人や巡礼者たちを襲うようになり、急速に治安が悪化したからだ。

　加えて荒地を避けるように神聖メイナース国とエイハザール国を結ぶ安全な迂回路が整えられたことで、わざわざ荒地を進む人間はほとんどいなくなった。

　ほとんど、というのは、荒地を通る者がまったくいないわけではないからだ。迂回路を進むより短い距離でエイハザールにたどり着けるため、時間の節約をしたい商人などが未だに荒野の道を使っている。

「ディーザ審問官もきっと一刻も早く大神殿にあの二人を護送しなければと考えて、迂回路を通らずに荒野を進むことにしたのだろうね」

　荒野を走る馬車の中で人のよさそうな初老の男性――ジョセフ神殿長が向かいに座る中年の女性――聖女マイラに言う。マイラは片眉を上げた。

「今の私たちのようにですね、ジョセフ神殿長」

　ジョセフ神殿長は顔を綻ばせた。

「その通りだ、マイラ。もっと早くにルベイラに戻るつもりだったのに、色々あって遅くなってしまった。遠回りの迂回路を進むより荒野を突っ切った方が早く帰れるとは思わないかい？」

　人のよさそうな顔ににこにこと笑みを浮かべた姿はどこから見ても気のいい老人だ。けれど付き合いの長いマイラは騙されなかった。

「建前上はそうですね、ジョセフ神殿長。ですが神殿長がここに来たかったのはディーザ審問官が消えたという場所を自分の目で確かめたかっただけでしょうに」

「ははは、君は相変わらず鋭いね」

馬車の中にジョセフ神殿長の明るい笑い声が響く。

「捜索隊が探し回っても手がかり一つ得られなかったのに、私たちでどうこうできるとも思えませんが」

「そうだね。確かに私たちが普通の神官なら何にもできないだろう。けれどここには『過去見の聖女』である君と、魔力の流れを視ることができる私がいる。これでも魔力を感知することにかけては王宮魔法使いの長であるライナス殿にも負けていないつもりだよ」

ジョセフ神殿長――ジョセフ・アルローネは、魔力の強いルベイラ王の血族の中にあって、並みの魔力しか持たなかった。けれど、魔力量自体は少なくとも、魔力や魔法の気配には人一倍敏感だった。彼は他人の魔力を感じ取れるだけでなく、遠く離れていたとしてもかすかな魔力の揺らぎ――魔法の行使が分かるし、その残滓から魔力の特徴を割り出すこともできる。そして魔力に敏感すぎるが故にたいした修行をすることなく魔法を扱えるようになったことで、天才ともてはやされるようになった。

それは、幼少期のジョセフにとって煩わしいことだった。否応なく魔力が視えてしまう上に、いつどこで何をしていても魔法の気配を感じてしまうのだ。便利といえば便利だが、魔法にさして興味を覚えなかったジョセフにはまったく必要のない能力だったのである。

ジョセフは煩わしさから逃れるように趣味の古文書研究に没頭した。それが高じて、王位継承権を捨ててファミリア神殿に入信し、なんだかんだと出世してしまい、今に至る。

「前は魔力の流れが見えることが煩わしかったんだが、今は違う。こういう時には役に立つからね」

彼らが荒野を通ることにした理由。それはディーザ一行が通ったと思われる道に残っているであろう魔法の痕跡を探すためだった。

「ニコラウス審問官は、ディーザ君がクロイツ派のスパイだとさかんに主張し、どこかに行方をくらました彼らを探すために独自に捜索隊まで組んでルベイラに行ってしまったようだが、私はそれを信じていないのでね。ディーザ君たちが消息不明になった箇所では必ず戦闘が行われているはずだ。多少なりとも魔法だって使われただろう。であれば私ならそれを感じ取ることができる。場所さえ特定できたら、マイラ君の出番だ」

意味ありげにジョセフ神官長に見つめられて、マイラは小さなため息をつく。

「草木などの有機物が残っている場所だといいのですが。誰かの持ち物ならいざ知らず、ディーザ審問官たちとはまったく無関係の石ころなどから情報を得るのはとても難しいのですよ。ジョセフ神殿長ならご存じかと思いますが」

『過去見』の祝福を持つマイラは、モノに触れるだけでそのモノが見てきた過去の情景を垣間見ることができる能力を持っている。

同じく『過去見』のギフトを持つ聖女は何人かいるが、マイラほど精度はよくない。けれど、そんなマイラでさえ『過去見』の成功率は決して高くはなかった。

植物などの有機物であれば『過去見』の成功率は格段に上がる。しかし、無機物となるとたんに難易度が激しく上がってしまうのだ。有機物に比べて無機物の方が内包できる情報量が少ないからだとされている。

ただし、無機物であっても、それが誰かの所有物だったり、身に着けていたものであれば『過去見』しやすくなるのが分かっている。つまり、『過去見』は対象物次第で大きく左右されるギフトなのだ。

「もちろん、分かっているとも。うまく情報を得られそうなものが見つかればいいなと……っ、馬車を止めてくれ！」

急にジョセフ神殿長は大声を出して御者に馬車を止めさせた。

「ジョセフ神殿長？」

「この先に魔力の残滓がある。それも戦闘魔法の。痕跡を消そうとしたようだが、急いでいたのだろうな。かなり雑になっている。……大神殿の出した捜索隊は、この程度のめくらましで騙されてしまったのか」

やれやれと言いたげなジョセフ神殿長だったが、気を取り直して馬車から外に出た。マイラもジョセフ神殿長の後に続く。

馬車が停まったのは、何もない場所だった。少し離れた場所には大きな岩があるが、それ以外は所々に低い枯れ木がぽつぽつと立っているだけ。

マイラは残念そうに顔をしかめる。

「その辺の石ころか、あの枯れ木を『過去見』するしかないようですわね、ジョセフ神殿長」

「そうだな。万が一読み取れることもあるかもしれない。頼みます」

「はい」

マイラがちょうど目の前にある手のひら大の岩を手に取ろうと屈み込んだ時だった。視界の端に何かキラリと光るものが見えた。視線を向けると五メートルほど先の地面に、日光に反射して何かが光っていた。

「あれは……何でしょうか？」

「ふむ、行ってみましょう」

同じく光に気づいたジョセフ神殿長が足を進める。そしてあと一メートルという距離まで来たジョセフ神殿長は、日差しに反射してキラキラと光っているものが何であるかに気づいてハッとなった。

「これは、まさか――」

急いで拾い上げると、それは円の中に開いた稲穂のモチーフが刻まれたバッジだった。

ファミリア神殿の使徒であることを示すバッジは主に二種類ある。稲穂と麦穂を象ったものだ。どちらも大地の恵みであり豊かな実りを現わす象徴として用いられており、信徒は好きな方を選んで身に着けることができる。

大半は麦穂のバッジを選ぶが、もちろん稲穂のバッジを選ぶ者もいて、そういう彼らはたいてい主食を米とする地域の出身だった。

「これは、ディーザ君のものだと思う。彼は東方の出身で米が身近だからと稲穂のバッジを身に着けていたはず。……ここで彼の身に何かが起きてバッジが落ちたのだろう。マイラ、これなら？」

「はい。いつも身に着けていたのであれば『過去見』は問題なく行えるでしょう」

マイラはジョセフ神殿長からバッジを受け取ると、両手に包み込み、額に当てた。

「さぁ、あなたの主の身に起こったことを、あなたが見てきたことを私に教えて」

ギフトが発動する。目を閉じたマイラの脳裏に、バッジが見届けた真実の過去が映し出されていく。

荒地を進むディーザ一行は、何事もなく順調に大神殿への帰路を進んでいた。

ところが荒野に入ってこの場所にさしかかった時、岩山の後ろに隠れていた全身黒ずくめの集団に襲いかかられたのだ。

それはまったくの不意打ちだった。

一行を護衛していた聖騎士たちは応戦するも、敵は異常なまでに強く、油断していると
ころを襲われたディーザ一行は次々と倒されていった。

襲われて約十分後にはほぼ勝敗は決していたようだ。

今や一行で生き残っているのはディーザ本人と彼の部下たち数名のみ。そこに、それま
で遠くで指示しているだけだった黒ずくめの男たちの指揮官が近づいてくる。もはや勝利
は目前と見たからだろう。

指揮官の顔を見たディーザが睨みながら吐き捨てた。

「やはりあなたか、ニコラウス！ ……いや、ニコラウスの姿をした偽物よ！」

そう。黒ずくめの男たちを指揮して彼らを襲わせたのは、マイラも見たことがある人物

——内部監査室所属の一等審問官ニコラウスだったのだ。

悠然と現われたニコラウスは憎々しげに睨みつけてくるディーザに嫣然と微笑んだ。

「私を疑い、コソコソと調べていたようだが残念だったな、ディーザ。私の勝ちだ。それ
に偽物だと言うが私は正真正銘ニコラウスだぞ？」

「……肉体だけはな。でも中身はニコラウスじゃない。俺には分かっている。ニコラウス
を侵食した貴様は何者だ」

「答える義理はないが……。これから死にゆくお前に冥土の土産として教えてやろう。私

の名前はイプシロン――夜の神の眷族が一員、イプシロンだ」

「イプシロン……？　夜の神の眷族？　っぐっ……！」

にわかに信じがたい言葉に気を取られていたディーザは、とっさに自分に向かって飛んできたナイフを避けることができなかった。わき腹に深々と刺さった剣は、焼け付くような痛みを彼にもたらした。思わず膝をつく。

「ぐはっ……」

いつの間にか部下たちも倒され、生きているのはディーザ一人だけになっていた。

「くくっ、これでもう終わりだ、ディーザ。せめてもの慈悲だ。お前もお前の部下たちも、あの方へ捧げる贄として死後まで役に立ってもらおう」

ニコラウスは愉悦の笑みを浮かべ、わき腹から血を流しながらやっとのことで立っているディーザに向けて剣を振りかぶった。

だが次の瞬間、一陣の突風が黒ずくめの男たちを襲った。と同時に先ほどまでじりじりとディーザを取り囲んでいた男たちのうち数人が地面に倒されていた。

「あー、もう、部隊長は監視だけって言ってたけど、放っておけないだろうが、こんなの！」

……いつの間にかディーザとイプシロンの間に中年の男が割り込むように立っていた。まるでディーザを庇うように。

俯瞰した立場で過去の光景を視ていたマイラも、この第三者の突然の乱入に驚いた。その乱入者が騎士や兵士でも、ましてや神官でもなく普通の町民のような格好をしていることにも。

あまりに場違いな乱入者に、ディーザも、そしてイプシロンや黒ずくめの男たちも驚愕している。その中で、いち早く我に返ったのはイプシロンだった。

「お前、ルベイラ王の犬だな？　こんなところまで追ってきたか。さすがに嗅覚が鋭いことだな」

揶揄するような言葉にも乱入者――『影』の一員であるマイクは動じなかった。

「わりぃな。この人を死なせるわけにはいかねえんだよ」

「だがどうやって切り抜ける気だ？　いくらお前が手練れだろうと、けが人を庇ったままこの人数から逃れられるとでも？」

「へ。そんなのやってみなきゃ分からねえや」

マイクは慣れた様子でナイフを構える。余裕があるような表情だが、イプシロンの言うように状況はマイクにとって圧倒的に不利だ。

「……やっぱりここは魔法使い先生の試作品のアレを使わせてもらうしかないか」

誰にも聞こえないほどの声でマイクは呟き、懐から小さな円盤型の石を取り出した。

これはライナスが開発した魔道具の「空間移動補助装置」だ。まだ試作品の段階だが、魔力を流せば短い距離ながら空間転移のできる魔法陣を呼び出すことができる。

「魔力をやたらと食うのが欠点なんだそうだけどな」

言いながらマイクは円盤型の石を地面に叩きつけた。柔らかな素材でできた石は瞬く間に砕け散り、その衝撃で「空間移動補助装置」が発動する。

マイクの立っていた地面が光り、複雑な円をいくつも重ねた転移の魔法陣が出現した。

イプシロンがその魔法陣を見てハッとなった。

「転移するつもりか！　させぬ！」

阻止しようとイプシロンは攻撃魔法を発動させるも、マイクとディーザに放ったのとほぼ同時に、負傷したディーザの身体を抱き込むマイクの足元で転移の魔法陣が発動した。

ところが、そこでその場にいる全員にとって予想外のことが起こる。突然、前触れもなく空から一条の強烈な光が降ってきたのだ。

「何だ⁉」

眩しさにイプシロンと黒ずくめの男たちは目を閉じる。光はマイクとディーザに降り注ぎ、魔法陣の放つ光と一体となった。

だが、圧倒的な光の洪水は、その直後にいきなり消失した。いや、消失したのは光だけではない。

目を開けたイプシロンは、目の前からディーザとマイクの姿が失くなっていることに気づく。

「間に合わなかったか。奴ら、どこかに転移したな」

イプシロンは盛大に舌打ちをして、黒ずくめの男たちに命じる。

「ちっ、さっきの光は目くらましだったのか。二人を捜せ！　それほど遠くへは移動していないはずだ」

転移の魔法は術者一人だけならそれなりに遠くへ移動できるが、転移の人数が増えれば増えるほど短い距離しか移動できないことが分かっている。

「ましてやディーザはあの傷だ。まだ近くにいる可能性がある。俺は目的の二人組を回収する」

「は、はい」

黒ずくめの男たちは慌てて周囲の捜索に向かう。それを確認してイプシロンは護送用の馬車の方に向かったが、その足取りは不機嫌さを隠そうともしていなかった。

結局、数時間以上付近を捜索してもディーザと乱入者は見つからなかった。イプシロンはこれ以上ここに留まるのはまずいと判断し、遺体を回収すると戦闘の跡を消すように黒ずくめの男たちに命じる。

「……ディーザはどうあっても始末しなければならない。生きていればおそらく奴はすぐさまルベイラに向かうだろう。……ディーザの傷が癒えないうちに、今度こそ始末しなければ」

呟くイプシロンは気づいていなかった。剣で応戦中に、ディーザの首元についていたファミリア神殿の使徒である証の稲穂のバッジが地面に落ちたことを。

そして誰一人として気づくことなく、そのバッジが荒野に残されたことを――。

『過去見』から戻ったマイラの顔は真っ青だった。

「なんてこと……」

「マイラ？」

くらりとよろけそうになったマイラをジョセフ神殿長が支える。

「大丈夫かい？　ひとまず馬車に戻って……」

「そんな場合じゃありません、ジョセフ神殿長！　大変です！」

慌ててマイラが自分の見た光景を説明すると、普段は飄々としているジョセフ神殿長もさすがに顔色を失くした。

「なんということだ。つまり、今ルベイラにいるニコラウス審問官は……。早くカーティスに知らせなければ……！」

だがいつも連絡に使っている魔法鳩を飛ばしても、遠いルベイラまで三、四時間はかかってしまう。一刻も早くルベイラにいる脅威のことを伝えなければならないのに。

「……仕方ない。なるべく魔法は使わないようにしていたが……」

ジョセフ神殿長は約二十年ぶりの魔法──【心話】を使って、甥に連絡を取り始めた。

ジョセフ神殿長とマイラがカーティスに連絡を取っていたのと同じ頃。

崩れかけた遺跡に出入りする黒ずくめの男たちを岩山の上から見下ろしている三人の姿があった。

傷の癒えたディーザ、マイク、それに彼らと合流したゲールだ。

「まさか、エイハザールの荒野に夜の神の眷族を封じた遺跡があるとはなぁ」

ゲールがボソッと呟く。

彼らがいるのはエイハザールの荒野だ。ただしジョセフ神殿長がいる場所とはかなり距離が離れていて、周辺の様子もまるで異なっている。かつての交易路からは外れている一帯で、巨大な岩山があちこちに乱立し、足場も悪い。

地元の人間ですらもこの一帯に足を踏み入れることはなく、訪れる者もいない。そんな土地だった。

その一角に、巨大な岩山をくりぬくように作られた遺跡がある。吹き抜けになった場所の中央には崩れかけた建物があり、まるで何かを祀っていた神殿のようにも見えた。

「……夜の神の眷族の一人を封じ込めた場所だという言い伝えがあったから、余計に人々は近づかなかったようだ。そのおかげでこれだけの人数が出入りしても誰にも知られることはなかったというわけだな」

ディーザが燃えるような目をして、神殿の内部にいくつもの箱を運んでいく黒ずくめの男たちを睨みつけた。

「審問官さん、殺気を飛ばしすぎて奴らに気づかれないようにしてくれや」

マイクが言うと、ディーザがギリッと唇を噛みしめた。

「……分かっている」

「まぁ、気持ちは分かるんだが……」

何しろ黒ずくめの男たちが三人がかりで遺跡に運び込んでいるのは、棺桶だ。中にはディーザの部下や付き添っていた聖騎士たちの遺体が入っている。どこかに保管してあったそれらを黒ずくめの男たちは何かの目的があってこの遺跡内に運び込んでいるのだ。

「夜の神の眷族の一人を封じ込めた場所か。何にせよ、クロイツ派のやることだ。碌なもんじゃねえだろうな」

「ジェシー人形ちゃん……いや、女神の眷族神によると、もうすぐここで儀式があるらしい。それを阻止するために、あの人形ちゃんは俺たちを攫ってきたらしいんだが……まぁ、何にせよクロイツ派の邪魔をするっていうのなら喜んで協力してやらぁ」

ゲールがにやりと歯を見せて笑う。マイクもそれに同意した。

「ああ、終わらないといつまで経っても部隊長に連絡を取れないままだからな。女神の眷族神とやらより部隊長の説教と扱きの方が恐ろしい。早いところ終わらせてルベイラに戻らないとな」

「そういうことだ。お、始まるようだぞ」

すべてを運び終えたのだろう。さらなる黒ずくめの男たちの一団が現われて、続々と遺跡の中に入っていく。人数にしておよそ数十人ほどだ。

やがて見張りの二人を残して黒ずくめの男たちは遺跡の中に消えていった。

「行くぞ」

マイクの合図で三人は岩山の上から遺跡に向かって一斉に飛び下りていった。

（つまり、ニコラウス審問官はクロイツ派の幹部イプシロンで、ディーザ審問官たちを襲ったのも奴だったというわけだな）

ジークハルトはロイスリーネの腕の中でカーティスから心話でもたらされた情報を反復

していた。

（奴がルベイラに来たのは、ガイウス元神殿長と偽聖女イレーナを調べるためではなく、戻ってくるであろうディーザを始末するためだったのか）

「それと情報収集のためでしょう。あえて自分を王宮に留まらせるようにして、こちらの反応を知りたかったのではないかと思います。マイクがディーザ審問官を連れてルベイラに戻ってきたら、陛下や我々はニコラウス審問官がイプシロンであることを知ることになる。当然、ニコラウス審問官や王都に滞在している彼の部下たちに対して何らかの処置を取るはず」

（だがディーザ審問官とマイクは戻ってきていないし、我々もニコラウス審問官がイプシロンであることを今の今まで知らなかった）

「ええ、彼が王妃様に特別興味を示さなかったので、警戒はしていてもクロイツ派の幹部だとは思いもしませんでした。ニコラウス審問官は、ディーザとマイクはまだルベイラに戻ってきていないと判断したことでしょう。……陛下、これはクロイツ派の幹部を生け捕りにするチャンスです」

（そうだな。今までクロイツ派の幹部は形勢が悪くなるとすぐに自殺してしまい、尋問することもできなかったからな）

「はい。今、イプシロンは我々が何も知らないと思い、油断しているはずです」

(……ああ。だが、もしかしたら奴の目的はディーザ審問官だけではないのかもしれないな)

慣れた様子で本宮とは反対の方向に進むニコラウス審問官の背中を睨みつけながら、ジークハルトは心の中で唸った。

(あの様子だと、監視の目をごまかして東館を抜け出したのもこれが初めてではないだろう。くそっ、人の宮殿でよくも好き勝手してくれる)

「陛下。『影』たちとは別に兵を向かわせます。奴がどこへ向かっているのか分かりますか?」

ジークハルトはニコラウス審問官が向かう方角を見つめて目を眇めた。

(……おそらく、ルベイラの霊廟だ)

「ルベイラ王の霊廟に向かっているの……?」

ロイスリーネは物陰に隠れつつ、一定の距離を保ったままニコラウス審問官の跡をつけていた。

最初は本宮に向かうでもなく、まるで違う方角に行くニコラウス審問官の行先に見当がつかなかった。二千年近く続いているルベイラの王宮は広大で、どの方角に行っても何かしらの建物が点在するからだ。

だが次第に彼の足がどこに向いているのか分かってきて、ロイスリーネは困惑した。

この先にあるのは初代国王ルベイラを祀った霊廟だ。

霊廟と言っても、ルベイラ王の遺体は存在しない。言い伝えでは亡くなったルベイラ王の遺体は光と共に消えてしまったとあるからだ。

遺体が消えた後、残されていたのは彼が身に着けていた服と王冠と錫杖のみ。そこで人々は、それらの遺品を納めた霊廟を建てて初代国王を祀ることにしたのだ。

——この霊廟も、また変わっているのよね。

なんと五角形をした不思議な建物なのだ。五角形の角にはそれぞれ建物を支える太い柱が建っており、その内側を、装飾をほどこした壁がぐるりと取り囲んでいる。

ただし、建物自体はそれほど大きくはなく、非常にこぢんまりとした印象だ。

かつてロイスリーネはこの霊廟に一度だけ入ったことがあった。ジークハルトと結婚した時だ。

ファミリア神殿で式をあげたジークハルトとロイスリーネがまず一番先に向かったのが初代国王ルベイラの霊廟で、王妃となったことを報告する儀式が執り行われた。

——儀式といっても、ほぼほぼ報告するだけで、何か特別なことが行われたわけではないのよね。私も石棺に挨拶しただけだったし。

ジークハルトによると、国王といえども普段は霊廟に入ることはなく、決められた時にしか霊廟の扉は開かれないことになっているという。

その決められた時というのが、王太子の座についた時、戴冠して国王となった時、そして結婚した時だ。それ以外では十年に一度だけルベイラ王の命日に国王が訪れるらしいが、ジークハルトはまだ一度も執り行ったことがないという話だった。

——一体、ニコラウス審問官は何のために霊廟に？　中に入ることはできないのに。

当然のことながら霊廟には兵士が置かれ、厳重に警備されている。遺体はないものの、ルベイラ王の遺品は歴史的価値が高いからだ。

だからロイスリーネは、ニコラウス審問官が興味本位、あるいは窃盗目的で霊廟に近づいているのかもしれないと考えていたのだ。

ロイスリーネは霊廟が見えてきたところでギョッとして足を止めた。心なしか腕に抱きしめているうさぎも身体を硬くする。

——警備の兵がいない？　そんなバカな。

そう。当然いるはずの警備兵の姿がどこにもなかったのだ。

驚くロイスリーネを余所に、ニコラウス審問官はスタスタと霊廟の扉に向かっていき、なんと施錠されているはずの扉をあっさり開けてしまった。

開け放った扉からニコラウス審問官が中に入っていく。ロイスリーネは慌てた。

──ど、ど、どうしよう⁉　一体どうしたらいいの？

ここまで来たら、いくらロイスリーネでもニコラウス審問官が怪しいのは分かる。

──もしかして、ニコラウス審問官はクロイツ派の一員なのかもしれないわ。ディーザ審問官が怪しいと言っていたけれど、それは真っ赤な嘘で、本当は自分こそがクロイツ派のスパイだった。その方がつじつまが合うもの。

そもそもニコラウス審問官が言ったことにも少し違和感を覚えていたのだ。ディーザ審問官がクロイツ派のスパイだと断言するわりに、その根拠はどこかあいまいだった。

──証拠がなかなか摑めないと言いながら、スパイだと断言するのはおかしいわよね。ニコラウス審問官が自分で『ディーザ審問官の扱っている件について事後報告を受けたが、それを上官に伝えただけで詳細は分からない』なんて言っていたのに。

今から思うに、あの時のニコラウス審問官は必要以上に「ディーザ審問官とクロイツ派が繫がっている」と強調することで、ロイスリーネたちの気をそちらに向けたかったのではないだろうか。審問官たちを王宮内に逗留させるために。

クロイツ派の名前を出せば、ロイスリーネのことで警戒しているジークハルトたちが様子見のために逗留を許可すると踏んだのだろう。

──ターレス国の時もそんなふうだったのよね。ターレス国内で処理するべき問題を、クロイツ派のことがあるからとルベイラまで持ち込んできて。で、こちらはクロイツ派のことは無関係ではないからとセイラン王子と親善使節団を受け入れたら、その中にクロイツ派の幹部が紛れ込んでいたんだったわ。

タールス国の騒動もクロイツ派がルベイラの王宮に潜り込むためにわざと仕組んだことだったと聞いている。

もし今回も同じだとしたら、ニコラウス審問官はクロイツ派の幹部で、王宮で何かをしようとしているのだろう。

――今回は私が標的ではないと思うわ。だってニコラウス審問官は、一度だって私に興味を向けなかったもの。

だとしたら彼らの目的は一体なんだろう？　あの霊廟に答えがあるのだろうか。

――ああ、私はどうしたらいいの？

一番いいのは誰かを呼んで調べてもらうことだ。だがここは本宮とは離れていて、警備兵もいない今は人の気配がまったくない。

ロイスリーネには『影』がつけられているが、秘密の通路を抜ける間は彼らはついてこられない。だから今ロイスリーネの傍には誰もいない。

――こういう時のために、どうにか連絡をつけられる手段を講じておくべきだったわ。後悔したが後の祭りだ。

——いいえ、落ち着いてロイスリーネ。

そう自分に言い聞かせる。

一番いいのは今すぐここを去ってなんとか『影』の人たちと連絡を取り、ニコラウス審問官が霊廟で何をしているのか、何が目的なのかを探ってもらうことだ。

——でも、もしその間に彼らが目的を達して逃げてしまったら？

何が目的かは分からないが、きっと碌なものではないだろう。そして賭けてもいい、ルベイラにとってよくないことに決まっている。

——陛下がいない今。私がルベイラを守らなければ。

「キュウ」

胸に抱いているうさぎが可愛らしく鳴いてロイスリーネを見上げてきた。まるで何かを訴えるように。

一方、ジークハルトはどうやってロイスリーネをここから遠ざけられるか考えていた。

（イプシロンの目的はルベイラ王の霊廟だ。ルベイラ王の遺品、もしくはルベイラ王にかかわる物として霊廟の破壊を狙っているのかもしれない。警備の兵が遠ざけられたことを思えば、どちらにしろ碌なものではないだろう。一刻も早くロイスリーネを遠ざけなければ）

ジークハルトはロイスリーネを見上げてできる限り可愛く鳴いた。

「キュウ（ここから離れてくれ、頼む）」

だが、いつもはわりと正確にうさぎの表情から感情を読み取ることができるロイスリーネなのに、この時はなぜか斜め上の解釈をした。

「そうね、うーちゃん。私は王妃だもの。陛下のいない間は私が頑張らないと。ありがとう、勇気が出たわ。ニコラウス審問官を追いかけて彼らが何をするつもりなのか調べないといけないわ」

「キューウ！（違う！）」

「ここから先は危険かもしれない。うーちゃんは戻っていて」

言いながらロイスリーネは屈んでうさぎを地面に下ろすと、よし、とばかりに拳を握った。

「大丈夫。私、運だけはいいんだから。行ってくるわね、うーちゃん」

ロイスリーネはうさぎに背を向け、小走りで霊廟へと向かう。ジークハルトは慌ててその後を追った。

（違う！　ああ、もう、こんなことならうさぎの正体が俺だって言っておけばよかった！）

……それこそ後の祭りというものである。

うさぎが必死で跡をついてくるのに気づくことなく霊廟の扉にたどり着くと、ロイスリーネはそっと中を窺った。

霊廟の中は無駄な装飾品が一切なく、がらんとしている。あるのは部屋の中央に設置された古い石棺と燭台だけだ。

石棺は大きな石をくりぬいて作られていた。かなり大昔のものらしく、石棺の全体が黒ずんでいる。その石棺の中にはさらに複雑な封印魔法のかかった箱が安置されていて、そこに初代ルベイラの残した遺品が入っているという。

ニコラウス審問官はその石棺の前にいた。だが、ロイスリーネが何か違和感を覚えてよく見てみると、石棺の位置が中央からずれている。

——やっぱり中身を狙って……？

だが、ニコラウス審問官は石棺そのものには目もくれず、霊廟の中央に移動した。するとどうだろう。ニコラウス審問官の身体がみるみるうちに下に沈み込んでいくではないか。

ニコラウス審問官が消えてなくなるのをぎょっとしながら見ていたロイスリーネは、意を決して霊廟の中に足を踏み入れた。

中は薄暗いが様子が見えないわけではない。石棺の前に並んでいる燭台には火ではなく光が灯っていて、魔法により生み出された淡い光がぼんやりと石棺を照らしていた。

「あ、これはっ」

石棺に近づいたロイスリーネは小さな声を上げた。石棺がずらされたその真下の床に、さらに下へと続く階段が見えたからだ。

「こんなところに階段が……？」

つまりニコラウス審問官の身体が沈んだように見えたのは、この階段を使って下りていったからだったのだ。

ロイスリーネはごくりと喉を鳴らした。

階段は石棺同様にかなり古いものらしく、所々崩れているのが見て取れる。体重を乗せたとたん崩れるかもしれないし、足を踏み外すかもしれない。下に何があるのか分からない以上、行くのは危険だった。

「……でも退くわけにはいかないわよね。だって私は王妃だもの」

この目で彼らが何をやろうとしているのかを確認しなければ。

ロイスリーネは慎重に階段に足をかけてゆっくり下りていった。うさぎが音もなくロイスリーネに続く。

――この下る感じ、夜の神の神殿跡の地下とよく似ている……？

かつてロイスリーネはクロイツ派の幹部デルタとラムダに攫われ、王都郊外にある夜の神の神殿跡に連れていかれたことがある。知られてはいないが、神殿跡には地下神殿が存在していたようで、あの時も遺跡の一部に階段が隠されていて、それを使ってクロイツ派の連中は自由に出入りしていたようだ。

──あの時も今回も地下だわ。何か意味があるのかしら？

考えているうちに下の階にたどり着いたようだ。地下なので真っ暗なはずなのに、先に見えるぼんやりとした光のおかげで踏み外さずにすんだ。

ロイスリーネはその光に近づくと、陰からそっと様子を窺った。予想通り、中は神殿跡と同じような地下の部屋があり、そこで六人ほどの黒ずくめの男たちが壁を叩いたりして何かを探っていた。

──やっぱりクロイツ派だったのね！

あの黒ずくめの服装の男たちにも覚えがある。クロイツ派の先鋭部隊で、かつてロイスリーネを攫ったのも彼らの仲間だった。

──一体、何をやっているの？　何を探しているの？

「時間がないぞ。神殿跡ではないとすると、残るはここ以外にはありえない。探せ、我らが神へと導く通路の入り口を！」

聞き覚えのある声が聞こえた。ニコラウス審問官だ。彼は部屋の中央に立ち黒ずくめの男たちに指示を飛ばしている。

ニコラウス審問官がクロイツ派の幹部であることは明らかだ。

　――何を探しているのか分からないけれど、彼らの目的が地下にあることは間違いないわ。それならここから離れてカーティスに事の次第を伝えて調べてもらえばいい。

　よくよく考えてみたらニコラウス審問官が王宮を出ていくのは明日の話だ。まだ捕まえる余裕はあるはず。

　ロイスリーネはそっと踵を返して上に戻ろうとした。ところがその時、足元に何かがいることに気づいて無意識に口から悲鳴が上がる。

「っひゃ！」

　しまったと思ったがもう遅かった。

「誰だ⁉」

　ニコラウス審問官の誰何する声が聞こえて、ロイスリーネは慌てて階段に向かった。ところが黒ずくめの男に先回りされてしまう。

「こいつ、いつの間に――」

　黒ずくめの男の手がロイスリーネに伸びる。その手がロイスリーネの手を掴もうとした次の瞬間、足元にいた何かが飛び出してきてその手を跳ね飛ばした。

「うーちゃん⁉」

　ロイスリーネはギョッとする。見間違いかと思ったが間違いない。どうやらロイスリーネについてきたらしく、悲鳴を上げる原因となった足元にいた何かはどうやらうさぎだったようだ。

そのうさぎは黒ずくめの男に飛びかかり、黒い頭巾からほんの少しだけ覗いていた目の部分を鋭い爪を出して引っ掻いた。

「うあああああ、目が、目が！」

男は両手で目を押さえる。その間にうさぎは男の肩と頭を踏み台にすると、ポーンと跳ねてロイスリーネの腕の中に着地した。

「うーちゃん、ありがとう！　このまま逃げるわよ！」

……だが、うまくいったのはそれまでだった。残りの黒ずくめの男たちがやってきて、ロイスリーネの行く手をふさいだ。後ろを振り返ると、そこにも黒ずくめの男がいる。八方ふさがりの大ピンチだ。

その時、ため息まじりの声が聞こえた。

「こっちに連れてこい」

ニコラウス審問官の声だった。黒ずくめの男の一人が剣をロイスリーネに突きつけて、凄んだ。

「行け」

どうやらニコラウス審問官の方へ行けと言っているらしい。多勢に無勢だ。ロイスリーネはうさぎを抱きしめたまま大人しく部屋の中へと足を踏み入れる。そのロイスリーネの胸に抱かれたうさぎは「ヴヴヴヴヴ」と唸っている。今にも男たちの方に飛び出しそうで、ロイスリーネはぎゅっと強くうさぎを抱きしめた。

――さっきはうまくいったけれど、今度はうーちゃんが傷つけられるかもしれない。そんなことはさせられないわ。

絶体絶命だが、ロイスリーネには多少の勝算があった。おそらく『影』たちが今、ロイスリーネを探しているだろう。

――彼らがこの場所に気づいて到着するまでの時間を稼ぐことができればなんとかなるわ。幸い給仕係姿だから、すぐに王妃と気づかれることはなさそう。なんとか時間を稼がないと！

「こんなところまで入り込まれるとは。お前は何者だ？」

「……ガーネット宮に所属する侍女です」

とっさにロイスリーネはそう名乗った。

「侍女がなぜこんなところにいる？」

「し、知り合いの兵士が今日は霊廟の警備を担当しているはずなので、会いにきたんです。そうしたら、誰もいないし、閉ざされているはずの霊廟の扉が開いていたから……」

しどろもどろに説明をする。だがとっさに作った設定が、それなりに筋の通った話になったと自負する。……それをニコラウスが信じるかどうかはまた別問題だが。

「そうか」

　信じたか信じないかはともかく、ニコラウスはロイスリーネには興味がないようだ。つまらなそうに言った。

「その知り合いとやらはもうこの世にいないぞ。残念だったな。……まぁ、お前もすぐに後を追うことになるがな」

　——ああ、やっぱりそうなるわよね！　こうなったら、何としてでも時間稼ぎしないと！

　ロイスリーネは覚悟を決めて口を開いた。

「あ、あなた方は何者ですか！　この霊廟に何の目的があって入ったんです？」

「答える義理はないな」

「あなたは王宮に滞在しているニコラウス審問官ですよね？　大神殿の人がルベイラの王宮でこんなことをしていいと思っているのですか？」

「うるさい女だな」

　謁見の時のニコラウス審問官とは明らかに異なる口調だった。謁見の時のニコラウス審問官はどちらかと言えばカーティスタイプで、丁寧な言葉遣いと柔和な笑顔にすべてを隠して煙に巻いている感じがしたのだが、今の彼からそんな雰囲気はない。

　どこか無造作で投げやりな、そんな印象を受ける。

「だいたい、この地下室は何なんです？」

ロイスリーネはニコラウス審問官が不快感を露わにするのも構わず続けた。今は少しでも時間を稼がないといけない。

「霊廟に地下室があるなんて聞いたことがありません。ましてや中央に置かれていた石棺をずらせば地下に通じる階段が隠されているなんて。なぜそのことを知っているのです？」

言ったとたん、ニコラウス審問官の雰囲気が変わった。投げやりな様子は消え、ロイスリーネを鋭い目で見つめる。

「お前こそ何者だ？　なぜ普段はあの石棺が中央に配置されていることや、ずらしたことで階段が現われたことを知っている？　ここに入ることができるのは、王族の血を引く者のみだと聞いているが？」

「あ……っ」

ロイスリーネはしまったと思った。一度も霊廟に入ったことがない人間は、そもそも石棺が中央に配置されていることを知らない。ましてや石棺をずらしたことで隠されていた階段が現われたなどと、分かるはずもないのだ。

それが分かるのは、かつてこの霊廟に足を運んで、中央に石棺が置かれていたことをその目で見たことがある人物だけ。

「お前――ああ、そうか。服装で気づかなかったが、よく見てみるとその髪の色と目の色に見覚えがあるぞ。お前は王妃ロイスリーネだな？」

にやりとニコラウス審問官の顔に嫌な笑いが浮かぶ。

――やばい、気づかれた！

「わ、私が王妃様ですって？　まさか～」

慌てて否定したものの、確信を持ったニコラウス審問官はごまかされなかったようだ。

「飛んで火に入る夏の虫とはこういうことだな！　今回は王妃を殺せという指令は受けていないが、自ら我らの懐に飛び込んできてくれたのだ。それ相応のもてなしをしないとな！」

「結構です！」

さすがにもうごまかすのは無理だとロイスリーネは悟り、口調を変えた。

「ニコラウス審問官！　……いいえ、ニコラウス審問官ではないわね。あなたは何者なの？」

「ああ、そうだな。名乗らせてもらおうか。私の……いや、俺の名前はイプシロン。クロイツ派の最高位、教祖プサイ様の部下にして夜の神の眷族イプシロンだ」

「夜の神の眷族のイプシロン？　そして……教祖のプサイ？」

聞き慣れない言葉を耳にしてロイスリーネは混乱しかける。だが、頭を振って強引に思考を戻すとイプシロンを睨みつけた。

「あなたの目的は何？　この霊廟で一体何をしようとしているの？」

「それに答える必要はないな。ただ一つ言えることは、お前は今ここで我々に殺されるということだ。お前を殺し、その肉体を我が神に捧げよう。そうすれば我が神は権能を取り戻すことができる。我が神が力を取り戻せば、忌々しい女神どもの封印などすぐに蹴散らしてくれるわ。殺れ」

　イプシロンが顎をしゃくって命じると、黒ずくめの男たちは剣やナイフを手にじりじりとロイスリーネに迫ってきた。『還元』のギフトが働けば男たちの武器は無効化されるので傷つけられる恐れはないが、かといって男たちそのものを無効化できるわけではない。人間を『還元』することはできないのだ。

　その時、脳裏にふと怖ろしい考えが浮かんだ。

――本当にできない？　人間を『還元』することが……無意識にセーブしているだけで、本気になれば人間そのものを「なかったこと」にできるのではないの？

　慌ててロイスリーネは、その考えを頭から振り払った。そんな恐ろしい力はたとえ敵相手とはいえ、使いたくない。

――……でも、もし私ではなくて陛下の命を助けるためだとしたら……私はその力を行使することを我慢できるのかしら？

絶体絶命だというのにそんな埒もないことを考えている間に、男たちの一人がナイフを手に迫ってきていた。

次の瞬間、腕から飛び出したうさぎが黒ずくめの男の鳩尾に突進していく。

「うーちゃん！」

ロイスリーネは悲鳴のような声を上げた。あんな小さな身体だ。勢いよくぶつかっていっても、反対に大けがをしかねない。

ところがうさぎに体当たりされた男が少なくとも数メートル先まで吹っ飛んだ。

「え？」

唖然としている間にうさぎは、今度はその隣の男の胸にものすごいスピードで飛び込んでいく。かわそうと思った黒ずくめの男だったが、うさぎの速さには敵わず、うさぎを受け止めざるを得なかった。

バゴンとものすごい音がして、胸にぶつかられた男がまたしても吹き飛んでいく。

次にうさぎが狙いを定めたのは、ロイスリーネを挟んで反対側にいた黒ずくめの男だった。ロイスリーネがうさぎの思わぬ活躍に唖然としているうちに、彼女に向かってナイフを投げていたのだ。

ところがそのナイフはロイスリーネに届く前に砂のようにサラサラと消えてしまう。ロイスリーネの『還元』のギフトが無意識に働いた結果だった。

「なっ……」

驚く間もなく顔に飛び込んできたうさぎの強力なキックによって男は口から血を流しながら倒れていった。

――え？　うーちゃんすごくない？　男たちがバタバタ倒されていくんだけれど？

うさぎは一度ロイスリーネの足元にぴょーんと戻ってきたが、再びものすごい速さで別の男に飛びかかっていく。

「このっ、このっ」

男は剣を振り回し、うさぎを払おうとするも、ヒョイヒョイと避けられて毛一本すら傷つけることができなかった。逆に懐に入られて、蹴り飛ばされる。

――すごいわ、うーちゃん！　無敵じゃないの！

うさぎの思わぬ活躍に唖然としたのはロイスリーネや黒ずくめの男たちだけではない。イプシロンもうさぎ一匹によって次から次へと倒されていく部下たちを驚きの目で見つめていた。

「お前、強化魔法を使っているのか？　普通のうさぎじゃないな？」

――え？　強化魔法？　うーちゃんが？　うさぎも魔法って使えるの？

「だとしても獣一匹にやられるとは情けなさすぎる。すばしっこくて武器がだめなら魔法を使え」

イプシロンが黒ずくめの男たちに檄を飛ばす。うさぎに吹き飛ばされたものの、黒ずくめの男たちは武器で倒されたわけではない。よろよろと起き上がった黒ずくめの男たちは、上官の命令に従ってうさぎに攻撃魔法を繰り出そうとしていた。

慌てたのはロイスリーネだ。武器は避けられても魔法攻撃は適用範囲が広いために避けられないかもしれない。

「うーちゃんを傷つけさせやしないわ！」

――女神ファミリア、そして新しき神々よ。私に力を貸して！　私にギフトがあるというのなら、今こそ必要なの！

黒ずくめの男の一人から、渦を巻いた炎が飛び出しうさぎに襲いかかる。ロイスリーネはカッと括目すると叫んだ。

「消えてなくなれ！」

するとどうだろう。炎はうさぎに到達する前にまるで霞のように消え去った。

消えたのは炎だけではない。男たちが打ち込もうとしている魔法が、発動する傍から霧散し、一つとして成立しないのだ。

「な、なんだ、どうしてだ⁉」

黒ずくめの男たちは何がどうなっているのか分からず混乱している。ロイスリーネはさらに畳みかけた。

「武器よ、砕けろ！」

叫んだ傍から黒ずくめの男たちが手にしていた武器が次々と形を失っていく。砂鉄に戻り、さらさらと地面に落ちていった。

「こ、これは一体……！」

「うそだ、防具も……」

ロイスリーネは知らなかったが、『還元』されたのは男たちが手にしている武器だけではない。黒ずくめの装束内には身を守るための鉄製の防具を着込んでいたのだが、それすらも「何もなかった状態に」に戻していく。

今や黒ずくめの男たちは武器や防具を失い、完全に無防備な状態となっていた。そこをうさぎに急襲されるのだからたまったものではない。

全身を魔法で強化したうさぎに突進され、強力なキックを浴びて、一人、また一人と昏倒させられていく。

「う、うわあああああ！」

男たちは今や完全にパニックに陥っていた。

その中にあってイプシロンだけは、ロイスリーネを忌々しげに睨みつけていた。

「『還元』のギフトか。たかが人間のくせに」

だがロイスリーネには痛くもかゆくもなかった。

——私もちょっとすごくない？　私の『還元』とうーちゃんの戦闘力があればこの人たち全員倒せるのかも！

……だが、そううまくいくはずはなかった。

「舐めるなよ、そいつらの替えならいくらでもいるんだ」

突然、イプシロンの前に魔法陣が現われる。イプシロンは自分では手を出さず黒ずくめの男たちに攻撃させていたが、その間何もしていなかったわけではない。ロイスリーネとうさぎ（ジークハルト）に気づかれないように魔法の呪文を紡いで、備えていたのだ。

「我が呼び声に応えよ、『召喚』！」

声とともに魔法陣が淡い光を放って発動する。すると魔法陣の上に、四、五人の新たな黒ずくめの男たちが現われた。

「万が一のために近くに待機させておいて正解だったな」

慌てたのはロイスリーネだ。黒ずくめの男たちを無力化させれば大丈夫だと思っていたのに、援軍を呼ばれてしまったのだから。

——まずい、まずいわ！　いくらなんでもこの人数をどうにかするのは難しいかも……！　なんとか隙をついてうーちゃんを連れて逃げ出さないと！

再びのピンチにロイスリーネの背中に冷や汗が流れる。

と、その時だった。一陣の風が地下室を通り抜けたと同時に、倒れていた黒ずくめの男のうちの一人が立ち上がろうとして、再び何かに吹き飛ばされた。

地下室に、頼もしい声が響き渡る。

「待たせたね」

いつの間にかロイスリーネの隣には濃い灰色の服で全身を覆った戦闘服姿のリグイラが立っていた。リグイラだけではない。他の『影』たちも続々と姿を見せる。

「リグイラさん！」

待ち望んでいた人物の登場に、ロイスリーネの顔がぱぁっと明るくなった。

「ちょいと上で妨害に遭ってね。遅くなってすまなかった。あたしらが来たからにはもう大丈夫さ」

「……ルベイラ王の犬どもか」

イプシロンがチッと舌打ちする。

「ああ、そうだ。うちらの管轄内でずいぶんと勝手してくれたみたいじゃないか。このお礼は存分にさせてもらうよ」

リグイラの言葉が合図となり、戦闘が始まった。リグイラはロイスリーネを後ろに下がらせて言った。

「リーネ。ここは夜の神の地下神殿よりかなり狭い。あんたをうっかり戦闘に巻き込んじまうかもしれないから、上に避難してな。上はもうキーツが制圧しているから安全だ。リード、頼んだよ」

いつの間にか横に来ていた『影』の一員であるリードがリグイラに頷いた。

「承知いたしました。さ、王妃様、こちらに」

階段の方に促されながらロイスリーネはリグイラに訴える。

「でも、うーちゃんが！　置いていけないわ！」

うさぎはロイスリーネから離れたところで黒ずくめの男たちに飛びかかっていた。ロイスリーネのところへ戻ってくる気配はない。

「あの子なら心配いらないから、早く行きな！」

「王妃様。皆の邪魔になってしまいます。上に行きましょう」

「あううう」

うさぎのことは心配だ。けれどロイスリーネがいたら戦いの邪魔になってしまうことを考えると、わがままを言って残るわけにはいかなかった。

「……分かりました。うーちゃんをお願いします！」

ロイスリーネはリグイラにうさぎを託すと、リードに導かれて階段に向かった。

崩れかけている箇所を避けながら階段を上ると、そこには灰色の戦闘服を着込んだ『緑葉亭』の料理人のキーツと、店の常連客の一人でもあるアドルの姿があった。

彼らの足元には五人ほどの黒ずくめの男たちが倒れ込んでいる。リグイラの言う通り、ここでも戦闘になったのだろう。

「キーツさん！」

「おう、リーネ。無事でよかった。こっちはもう安全だ。下も間もなく鎮圧できるだろう」

そこへカーティスを先頭に、ライナス、そして護衛兵たちが霊廟の開け放たれた扉から入ってきた。

ロイスリーネの姿を見てカーティスが安堵したように微笑む。

「王妃様！　ご無事でしたか。よかった」

「カーティス。心配かけてごめんなさい。それより、ニコラウス審問官はクロイツ派の幹部イプシロンだったの！」

下で聞いたことをカーティスに話すと、彼やライナスは、ほとんど驚かずにいる。

「……実はジョセフ神殿長からも、ニコラウス審問官がイプシロンだという情報が入ったんです」

カーティスから聖女マイラがエイハザールの荒野で見たという『過去見』の内容を聞いて、ロイスリーネはなるほどと頷いた。

「ディーザ審問官の一行を襲ったのはイプシロンだったのね。でもディーザ審問官もマイクさんも脱出できたのだったら、どうして連絡がないのかしら……」

ライナスが口を開いた。

「聖女マイラの『過去見』では、私が渡した魔道具の試作品が発動した際、イプシロンに攻撃された上に他の妨害もあったようです。もしかしたらとんでもないところに飛ばされている可能性もあります」

「だ、大丈夫かしら……」

「現地に行けば魔法の残滓からもう少し詳しいことを読み取れるかもしれません。王宮にいるクロイツ派の連中を始末したら、許可をいただいてエイハザールの荒野に行ってみようと思います。試作品がどのように作動したのか、残骸を回収して詳しく調べないとなりません！」

「そ、そう」

魔道具の話になるとどんどん口調に熱を帯びてくるライナス。ディーザ審問官やマイクの消息ではなく、彼の関心が魔道具にあることは明らかだった。

「宰相殿、リーネ、下での戦闘がほぼ終わったようだぞ。敵は一人を除いて全員戦闘不能にしたそうだ。もう下に行っても大丈夫だろうさ」

いつの間に地下にいるリグイラと連絡を取ったのか、キーツが声をかけてきた。

「はい。では」

「私も行きます！　うーちゃんが心配なので」

階段に向かうカーティスとライナスの後にロイスリーネも続いた。

ロイスリーネがリードに促されて地下から出たのを確認すると、ジークハルトは目の前の敵を倒すことに集中した。

ジークハルトは怒っていた。とても。

敵にも、ルベイラにとって大事な初代国王の霊廟を汚されたことにも、そして自分にも。

やすやすと敵の侵入を許し、足元で行われていたことに気づきもしなかった。挙句の果てに、ロイスリーネをも危険に晒してしまった。

――くそっ、守ると誓ったのに……！

思えばいつもそうだ。結婚早々にロイスリーネを危険に晒し、身の安全を守るためとはいえ離宮に彼女を軟禁することでしか守れなかった。

いつも後手に回る。もちろん先んじて守れたこともあったが、それはあくまで運がよかったに過ぎない。ここまでロイスリーネが無事であったのは、ジークハルトが守れたからではなく、彼女自身の『神々の寵愛』というギフトがあってこその幸運だ。

決してジークハルトが守ったからではないのだ。

無力感を噛みしめ、ジークハルトは「ヴヴヴヴヴ」と唸った。

今回のこともそうだ。ロイスリーネに負担をかけて、無茶までさせた。

『私は王妃だもの。陛下のいない間は私が頑張らないと』

自分に言い聞かせるように言ったロイスリーネの声が、今でも耳から離れない。

――俺は抱きしめてロイスリーネを慰めることもできなかった。大丈夫だと言ってあげたかったのに、ロイスリーネ本人に俺が言われてしまった。

すべてはジークハルトが無力だったからだ。

「カイン、無茶するんじゃないよ。あんたは今うさぎなんだから」

リグイラの声が聞こえた。

――うさぎだから。そう、うさぎだから、ロイスリーネを守れない。

力が欲しいと思った。ロイスリーネを守るための腕が、足が、剣が。

黒ずくめの男の一人に体当たりし、後ろ足で蹴り飛ばしてきっちり床に沈めながらジークハルトは強く思う。

――ロイスリーネを守れる力が欲しい。

その時、脳裏に響く声があった。

『力が欲しいかい？』

その声は、自分の声に似ているようでいて、少し違っている。けれど、その響きはどこか安心できるものだった。

次の瞬間、地下室は消え、ジークハルトの目の前には真っ白な空間が広がっていた。

『力が欲しいかい？』

声が再び問いかけてくる。そんな時ではないと頭の隅では分かっていながら、ジークハルトは答えずにはいられなかった。

──守る力が欲しい。この国を、そしてロイスリーネを守れる力を。

嘘偽りのないジークハルトの本音だった。

『僕もそうだった。あの方の心を守りたかったし、仲間に認められず一人ぼっちで泣いていたあの子も守りたかった。彼女のお腹に宿った僕らの子どもたちも──。でも僕は結局何一つ守れずに、後悔だけが残った』

悲しみを含んだ声に、ジークハルトの胸が締めつけられるように痛んだ。この悲しみを、この後悔を、ジークハルトは知っている気がしたのだ。

『君に僕の力を貸そう。僕は無力だけど、僕にしかできないことがある。それを君に託そう。……だから、リリスの子どもたちよ。……悲しみと怒りと後悔の中で、今もなお自分を苛んでいるあの方を救ってほしい』

──あなたは……一体誰だ？

自分であって自分ではない者。だがジークハルトの内側に確かに、誰かが存在していた。

その存在が急速に大きくなっていくのが分かる。

『僕は……始まりである者。そして終わりでもある者だ』

ドクンとジークハルトの鼓動が大きく脈打った。

「カイン⁉」

「ちょ、カイン坊や、光ってるぜ！」

リグイラたちの焦ったような声にジークハルトは我に返る。

するとどうだろう。リグイラたちの言う通り、うさぎである自分の身体が淡い光を放っているのが分かった。

唐突にジークハルトは「戻れる」と感じた。今なら人間の姿に戻れると。

身体の奥底から湧き出る力の奔流に身をまかせる。自分という存在がいったん透明になり、再構築される。

うさぎの輪郭がだんだんと薄れていき、人へと変化していく──。

小さな前足は適度な筋肉を持つ手に。毛に覆われた後ろ足はすらりとした脚に。大きな耳は形を失い、人間の耳へと変わっていく。

ジークハルトは耳に手を伸ばし、そこにあるピアスに触れて魔力を流した。ライナスが作った亜空間から服と剣を取り出し、変化に同調させて一瞬で身に着ける。

次の瞬間、ジークハルトはカインの軍服を身に着けた人間の姿でそこに立っていた。

「よし、戻った！」

　すかさずジークハルトは抜刀し、唖然としてこちらを見ている黒ずくめの男に接近して倒す。うさぎの時は強化しても一撃で昏倒させるのは難しかったが、人の姿に戻ればたやすかった。

　ジークハルトは黒ずくめの男の一人を倒すと、驚愕の視線を向けてくるイプシロンにその剣先を向けた。

「あとはお前一人だ」

　すでにイプシロン以外の黒ずくめの男たちはリグイラたちによって倒されていた。

　イプシロンは剣を向けられてもただひたすら立ち尽くしてジークハルトを見つめている。

　だがその驚愕は、うさぎが人間の姿になったからではなかった。

「そんなばかな……お前は……いや、あなたは、アベルか？」

「は？」

「あなたはとっくに消滅したはずだ、アベル……いや、アルファ！　なのになぜ、こんなところにいる⁉」

　イプシロンが驚愕から恐れを抱いたような顔で叫ぶ。

「アルファ？　アベル？　何をわけの分からないことを……」

　支離滅裂なことを口にするイプシロンに、ジークハルトは眉を寄せる。

ジークハルトは気づいていない。イプシロンだけではなくリグイラをはじめとする『影』たちも、驚いたように自分を見ていることを。

確かにジークハルトは人間に戻った。けれどその姿は、以前とは少し異なっていたのだ。

――うーちゃん、無事でいて！

うさぎの無事を祈りながらカーティスやライナスと一緒に地下室に入っていったロイスリーネは、そこで驚きの光景に出くわした。

黒ずくめの男たちはすでに全員倒されて、床に転がっている。リグイラたち『影』もみんな無事だ。

けれどうさぎの姿はどこにもなかった。代わりに先ほどまではいなかった人物がそこにいた。

軍服を身に着けたその男性はキラキラと輝く銀の髪を持っていた。イプシロンに剣先を向けている男性の背格好はロイスリーネの知る誰かによく似ている。……いや、似ているどころではなく本人そのものだ。

けれど、とロイスリーネは混乱する。

――カ、カインさん？　いや、陛下？　でも待って。ちょっと違うんですけど！

そう。カインもジークハルトも髪の長さは襟足くらいだ。けれどこちらに背を向けてイプシロンに剣を突きつけているその人は、腰まである長い銀髪だったのだ。

あんぐりと口を開けて、ロイスリーネはその姿を見つめる。

混乱しているのはロイスリーネだけではなかった。ライナスは目を丸くしているし、カーティスも戸惑ったような表情を浮かべて絶句している。

たっぷり五秒は経ってから、カーティスが恐る恐るといった様子で尋ねる。

「あの……陛下ですよね？　戻られたのですね、安心しました。けれど……その姿は一体……？」

呼びかけられたその人は怪訝そうに振り返った。

「は？　何を言っているんだ、カーティス？」

「っ……！」

ロイスリーネは息を呑む。

顔も口調も表情もジークハルトその人だ。けれど、長髪以外にも決定的に違うものがあった。目の色だ。ジークハルトの目の色は青と灰色を混ぜたような色合いだ。

けれどその人の目は血のように赤かったのだ。

まじまじとその姿を見つめ、カーティスは「はぁ」とため息をついた。どうやら驚愕からいち早く抜け出したようだ。

「……魔力は陛下のものですし、間違いないようです。陛下、帰還おめでとうございます。ところでその姿は呪いの影響ですか？」

「は？　姿？」

「髪が伸びてますよ。あと、目の色が赤くなっています」

「髪？」

と、そこでようやくジークハルトは自分の髪が長いことに気づいて目を剥いた。

「なんだ、これは？」

自分の髪の毛を摑んでジークハルトは唖然とした。自分ではまったく変化に気づいていなかったのだ。

「へ、陛下、ですよね？　陛下……」

ロイスリーネは容姿の変わりように驚いたものの、カーティスの言った「呪いの影響」なのだと考え、改めてジークハルトを見つめた。

およそ二週間ぶりに見るジークハルトの姿だった。

――起きて、動いている。陛下が。

ジークハルトが目覚めてくれたのだと脳が理解すると、ロイスリーネの目にぶわっと涙が浮かんだ。

「陛下！　陛下！」

ロイスリーネはジークハルトに向かって駆け出した。ジークハルトは容姿の変化に戸惑っていたものの、自分の元へ飛び込んでくるロイスリーネに気づいて頬を緩めた。

「ロイスリーネ」

「陛下！」

まるでぶつかるように胸に飛び込んだロイスリーネは、ジークハルトに抱きつきながらボロボロと涙を流す。

「陛下、陛下！」

ジークハルトは泣きだしたロイスリーネをぎゅっと抱きしめた。

「心配かけてすまない、ロイスリーネ。俺は大丈夫だ。……その、姿は少し変わっているけど、とにかく大丈夫だ」

「陛下ぁ」

ロイスリーネがさらにジークハルトに縋って泣こうとしたその時だった。

「……ああ、そうか。ルベイラの父親は……そういうことだったのか」

立ち尽くしていたイプシロンがブツブツと何かを呟き――そして激昂した。

「ファミリアめ！　アベルを……アルファの血を利用したのか！　おのれ！」

「っ、ロイスリーネ、下がってろ！」

イプシロンを警戒し、ジークハルトはロイスリーネを背中に庇う。『影』たちもカーティスもライナスも、油断なく構えた。

「必ず消し去ってやる。忌まわしきリリスの血族め！」

「仲間は全部倒したよ。あんた一人で何ができるっていうんだ」

「ふん、こんな体などいくらでも替えが利く！　審問官という立場はそれなりに役に立ったが、ディーザを筆頭に疑っている連中がいたからな。ここらで潮時だと思っていたよ」

「っ、自殺するつもりか、させん！」

ジークハルトが、リグイラが、イプシロンを捕えようと動き始める。けれど、それよりイプシロンが懐に手を入れて何かを取り出す方が早かった。

イプシロンは取り出したものをジークハルトに向けて放り投げる。

「陛下！」

リグイラが慌てて、それを叩き落とす。だが、そこで隙が生まれてしまった。一瞬誰もがイプシロンから目を離し、ジークハルトに投げつけられたものに気を取られた。……それは麦穂を象ったファミリア信徒の証であるバッジだった。

その隙をついてイプシロンは抜刀すると、迷いなく自分の心臓を突き刺した。血しぶきを上げてイプシロンの身体が倒れ込んでいく。

「しまった！」

クロイツ派の幹部を生け捕るつもりが、ほんの一時の油断で自害されてしまったのだ。リグイラが残念そうに首を横に振る。急所である心臓を突き刺したため、出血もひどく、治癒魔法を使っても助けることは不可能だと判断したのだろう。

「……俺は必ず蘇る。その時は必ず、お前らリリスの血族を――」

床に倒れて血の海に沈みながらも、イプシロンは不敵な笑みを浮かべた。ごふっと血を吐きながら呪詛の言葉を吐こうとする。

けれどその次の瞬間、予想外のことが起こった。

「いいえ、残念ながら私が来たからにはそうはいかないわ」

涼やかな声とともに頭上に大きな光が現われる。光は徐々に収まりながらその姿を露わにしていく。

「あなたはもう二度と蘇ることはできない。だって、蘇りの儀式は私たちが潰しましたからね」

光が収まると、そこには信じられないものが浮いていた。

――え……、げ、幻覚かしら？

ロイスリーネは目をこすり、もう一度空に浮いているものを見上げる。それでもそこにあるものは変わらない。

ジークハルトもカーティスもライナスも、そしてリグイラと『影』たちもみんな唖然として空を見上げている。

黒髪に映える白いドレスに、羽のような大きなリボン。

それはまるで女神ファミリアに仕える天使のようにも見えた。……人形でなければ。そう、人形でなければ。

そこにいたのは、まさしく輿入れする時にリンダローネが贈ってくれたジェシー人形だったのだ。

——な、な、なんでジェシー人形が⁉　私の部屋で身代わりになっているはずなのに！　いえ、それよりもなんで空に浮かんでしゃべっているわけ？　しかも声がリンダローネお姉様そっくりとか！

「き、貴様は……まさか……っ」

虫の息の下、イプシロンがジェシー人形を見て驚愕の声を上げる。けれどその驚愕はロイスリーネたちの浮かべる驚きとは異なっていた。

「私に覚えがあるでしょう、イプシロン？　ふふ、二千年前、あなたをあの場所に封印したのは私だものね？」

「くっ……！」

苦痛なのか悔しさなのか、イプシロンの顔が歪んだ。ジェシー人形は構わずイプシロンを見下ろして告げる。

「その身体はもう死に瀕してあなたは離れざるを得ない。けれど、儀式をして新しい身体に意識を下ろせなければ、あなたは再び封印されるしかなくなる」

「くそっ……女神の犬め！」

「そうよ、私は女神ファミリアの遣い。あなたが夜の神に従うように、私もまたファミリアに従う。そういう存在よ。さぁ、封印の場所に戻りなさい。そして来たるべき時まで眠るのです」

「やめろ！　俺はぁぁぁ！」

「……さようなら、イプシロン」

ジェシー人形がそう言ったとたん、イプシロンはガクッと力を失った。ロイスリーネは息を呑む。

「もしかして、死……」

「いいえ、死んではいないわ」

ロイスリーネが死という言葉を使う前にジェシー人形（？）に遮られる。

「生と死の狭間にいるけれど。でも、こうでもしないとイプシロンをその身体から引き離すことはできないの。そしてイプシロンが抜けた今なら蘇生させることができるわ。ロイスリーネ、私が補助するからあなたの『還元』のギフトを使いなさい」

「え、え？　蘇生ってどうやって！」

「願えばいいのよ。ニコラウス審問官の手を取って祈りなさい。あなたのギフトであれば、彼がイプシロンに身体を乗っ取られる前……いえ、洗脳される前に戻すことができるわ。手伝ってくれたディーザ審問官のために、私もその人を死なせたくないの。……やれるわね、ロイスリーネ？」

声が似ているせいか、リンダローネに言われている気分になって、ロイスリーネは頷いた。

今までのイプシロンの話や、ジェシー人形（？）とのやり取りを考えると、ニコラウス審問官はイプシロンに洗脳されて身体を乗っ取られていただけで、完全に被害者なのだ。もし可能ならば、生き返らせてあげたい。

ロイスリーネはジークハルトの背中から出て、床に倒れたニコラウス審問官に近づいた。ジークハルトは止めなかった。カーティスも、リグイラもだ。

ニコラウス審問官のところへたどり着くとロイスリーネは跪き、冷たくなりかけている手を取った。

そして目を閉じて祈る。女神に、そして神々に。

――女神様、そして神々よ。どうかこの人を生き返らせてあげてください。

ジェシー人形（？）が上からキラキラとした光を落としてくる。その光はロイスリーネとニコラウス審問官の身体を優しく包み込んだ。

するとロイスリーネの身体の奥からその光に呼応するように何かがせり上がってくる。その何かが、今度は繋がった手を通してニコラウス審問官の身体に入っていくのが分かった。

それからどのくらい経っただろう。光の洪水が消え去ったのを感じて、ロイスリーネは目を開ける。

――ニコラウス審問官は？

慌てて確認すると、さっきまで真っ白だった顔色に、ほんのりと赤みがさしているのが分かる。繋がった手からも、小さいがはっきりとした脈動が響いてきた。

「リグイラさん」

「ああ」

リグイラがすぐさまやってきて、ニコラウス審問官の首に手を当てて脈を測る。

「……信じがたいが、生きているね。心臓の傷もどうやら消えているようだ」

ニコラウス審問官の服の胸もとには、剣を刺した跡がはっきり見て取れる。黒いから分かりづらいが、彼の神官服の胸もとは真っ赤に染まったままだ。

にもかかわらずニコラウス審問官は生きていた。……いや、生き返ったのだ。

「さて、これで一件落着ね」

上からジェシー人形の声が降ってくる。

「あ、そうだ、あなたも元に戻さないと」

ジェシー人形のフェルトでできた手がまっすぐジークハルトを指す。その瞬間、ジークハルトの長かった髪がいつもの短さに戻り、赤かった目が元の青灰色に変わった。

「……つまり、あなたがさっきの俺の姿や、アレの姿に固定していたわけですね」

ジークハルトがやや不機嫌な声を出す。簡単に戻すことができたことから考えるに、人間に戻れなかったことも、戻った時にいつもと違う姿だったことも、すべてはこのジェシー人形の仕業だったということだろう。

「そうよ。でも、ごめんなさい。理由はまだ教えられないわ。そろそろ時間切れだから。それに、まだ機が熟していないからね。……でも一つだけ言えることは、あなたがあの姿になることがこの先必要になるから、とだけ伝えておくわ」

「あの姿になることが必要となる？」

「ええ。……あ、そうだった。彼らを連れてこないとね」

ジェシー人形は器用にもポンと手を叩くと、手のひらから小さな光を出してポイッと投げてきた。それもこちらに。

「へ？」

思わずニコラウス審問官の手を放して後ろに下がってしまったロイスリーネを誰が責められようか。ニコラウス審問官のすぐ横に落下した光は、地面に落ちるやいなやしりもちをついた三人の姿に変わる。

「ジェシーちゃん、ちょっと俺たちの扱いひどくねえ？　……あっ」

「俺たちすっごい頑張ったんだけどな！　……げっ」

「くっ、ここは……ニコラウス!?」

　現われ方も反応も三者三様である。マイクとゲールは不満たらたらの様子で周囲を見回し、リグイラの姿を認めて顔を引きつらせた。一方、ディーザ審問官はすぐ傍らにニコラウス審問官の姿を見つけると、慌てて這いよって彼の無事を確認した。

「よかった……生きている。女神の御使い様は約束を守ってくださったのだな……」

「……マイク、ゲール」

　リグイラが腕を組んでしりもちをついたままのマイクとゲールを見下ろした。二人はまるで蛇に睨まれたカエルのように固まったまま冷や汗をかいている。

「なんとなくだが、あんたたちがこの十日間何をやっていたのか分かった気がするから咎めはしないよ。連絡がなかったのもね。その代わり何が起こったのか、知っていることを全部残さず吐いてもらう。いいね？」

「…………はい」

「…………お手柔らかにお願いしますね、部隊長」

　容赦なく締め上げられることを予想し、二人は諦めたように深いため息をつくのだった。

「さて、私は戻るわね」

頭上で彼らのやり取りを見守っていたジェシー人形が言った。慌てて声をかけたのはカーティスだ。

「一つだけお答え願います。あなたは六百年前の『女神の愛し子』ローレンの前に現われた『女神の御使い』だと見ていいのでしょうか」

ジェシー人形はカーティスを見下ろして頷いた。

「ええ、そうよ。その辺の事情はまだ話すわけにはいかないわ。でも遠くないうちにあなた方はきっと知ることになるでしょう。リリスのことも、アベルのことも。そしてルベイラのことも。その時まで、ロイスリーネをお願いね」

言うなりジェシー人形の胸もとから小さな光が飛び出して天に昇っていった。同時に浮遊する力を失ったジェシー人形が落ちてくる。ジークハルトは慌てて落ちてくる人形を摑むと、ロイスリーネに手渡した。

「ジェシー……」

ロイスリーネの腕の中にいるジェシー人形はいつもと変わらない姿だった。ついさっきまで空に浮いたりしゃべっていたなんて信じられない気がする。けれど、確かにジェシー人形の中には『女神の御使い』がいたのだ。

「『女神の御使い』か……。俺の姿のことはともかく、何か色々裏で動いていたようだな。

……一体、何がどうなっているやら」

ぼやくジークハルトの言葉を拾ってカーティスがため息を漏らした。

「マイクとゲールの話も聞いて、色々検証しないといけないようですね。ああ、もちろん、ディーザ審問官とニコラウス審問官にも話を聞かないといけません。……忙しくなりそうですね」

「ああ……まったくだ」

ジークハルトもこれからのことや後始末のことを考えてため息を漏らした。やることや考えなければならないことがいっぱいある。

「それはそうと、ご帰還おめでとうございます、陛下。戻ってきてくださって嬉しいです」

カーティスが微笑みながら頭を下げる。

「やっぱり陛下がいてくださらないと、何もかも締まりませんからね。エイベルにも休みをあげたいですし」

「そうだな。……うん、俺も戻れて嬉しい」

確かめるように何度も手を開くと、ジークハルトはしっかりと答えた。

「さて、ここは我々にまかせて陛下は王妃様を連れて先に出てください。お二人がここにいてもやることはありませんでしょう?」

気を利かせたつもりか、カーティスは二人に向かって「しっしっ」と手を振った。そしてジークハルトの耳元でこっそりと囁く。

「……この半月、王妃様は動けない陛下に変わってとても頑張ってくださったのです。ぜひ労ってあげてください」

「そ、そうだな」

もちろんこのやり取りはロイスリーネにもバッチリ聞こえている。そもそも内緒話をしたいのなら心話でいいものをわざわざ口に出したのは、ロイスリーネに聞かせるためだったようだ。

「じゃ、じゃあ、俺たちは先に上に行っているから。さぁ、行こう、ロイスリーネ」

二人が顔を赤く染めながら手を繋いで階段の方に行きかけたその時だった。突然ロイスリーネが足を止めてキョロキョロと周囲を見回す。

「待って、うーちゃんは？　どこに行ってしまったの？」

いくら見回してもどこにもうさぎの姿はない。

ジークハルトはギクッとしたものの、平静を装って答えた。

「うさぎなら大丈夫だ。実はこの霊廟にも秘密の通路が繋がっていて、俺はそこを通ってきたんだが……途中でうさぎとすれ違った。きっと今頃はガーネット宮に戻っているだろう」

「そうなんですね。この目で無事を確認したかったけれど、うん、無事ならよかったわ」

もちろん、霊廟にも秘密の通路が繋がっているというのは真っ赤な嘘である。だがそうでも言わないと、上にいたロイスリーネたちに見とがめられないでうさぎが姿を消した説明がつかないのである。

幸いロイスリーネはジークハルトの説明を信じたようだ。ジークハルトはそっと安堵の息を吐く。

二人は連れ立って上の階に戻った。上にいるはずのキーツたちはもう引き上げたようで、霊廟には誰もいない。

霊廟を出て、赤く染まった空を見上げながらロイスリーネは微笑んだ。ようやく深い息を吐けるような気がして、澄んだ空気を肺いっぱいに取り込む。

考えることはいっぱいある。クロイツ派のこと。イプシロンが言っていた教祖プサイのこと。ジェシー人形の中にいた『女神の御使い』のことなど。

でも、今この時だけは余計なことを考えず、ジークハルトが傍にいることを噛みしめたかった。

「もう暗い地下はこりごりです」

「そうだな」

応じてくれる声がある。それがどれほど尊いものか、ロイスリーネはこの十日間で否応なく学んだ。

——陛下がいる。傍にいてくれる。それだけで何だろう、すごく満足だわ。

「陛下」

「ああ。ロイスリーネ、二人の時はジークと」

「……ジーク」

「……大丈夫だ、ここにいる」

涙声になってしまったからだろう。ジークハルトはロイスリーネを見下ろして涙の滲んだ目をそっと指で拭った。

「……わ、私、すごく頑張ったんです。ジークがいない間、私がルベイラを守らなきゃと思って」

「……うん、分かっている。ありがとう、ロイスリーネ」

「私、やっぱりジークがいてくれないとダメです。ジークが傍にいてくれるから頑張れるんだって、分かったんです」

「俺も、ロイスリーネがいてくれるから頑張れるんだ。……だからお互い様だな」

「そうですね、だから……もう、どこにも行かないでください」

ロイスリーネはジークハルトの制服の胸もとをぎゅっと握って見上げた。もう二度とこの十日間のようなことを繰り返したくない。

「どこにも行かない。……だから、ロイスリーネも俺から離れないでくれ」

囁くような声とともにジークハルトの顔がゆっくりと下りてくる。ロイスリーネはそっと目を閉じた。

まつ毛の間から涙が頬を伝わって零れ落ちていく。

そのせいだろうか。……久しぶりのキスは、ほんのり涙の味がした。

エピローグ　お飾り王妃の疑惑

その日の夜。遊びに来たうさぎをロイスリーネはぎゅっと抱きしめていた。

「ああ、うーちゃん、本当に無事でよかったわ！」

「キュウ」

うさぎは嬉しそうに鳴くと、ロイスリーネの胸に顔を擦りつけてくる。愛らしい仕草にロイスリーネの胸はキュンと高鳴った。

天蓋のカーテンを下ろしながらエマが口を挟む。

「うさぎさんもリーネ様もどちらも無事でよかったです。いつまで経ってもリーネ様は帰ってこないし、ジェシー人形も突然消えるものだから、こちらはもう大騒ぎだったんですよ」

「う、ごめんなさい。でもジェシー人形のことは不可抗力だから。だって夢にも思わないじゃない？　ジェシー人形の中に『女神の御使い』が入っていたなんて」

マイクとゲール、それにディーザ審問官の証言によると、どうやら『女神の御使い』はジェシー人形の姿でたびたび彼らの前に姿を現わしていたらしい。ロイスリーネの侍女たちが「ジェシー人形がどこにもない」と大騒ぎしていた時、実はジェシー人形はマイクたちのところに行って色々指示していたようなのだ。

　侍女たちが騒ぎ出すと慌てて王宮に戻っていったというから、もしかしたらかなり人間くさい感じの御使いなのかもしれない。

『女神の御使い』がマイクとディーザ審問官を転移の魔法に介入して呼び寄せたのは、どうやらイプシロンの再生を阻止するためだったようだ。

　エイハザールの荒野の一角に隠されるように残っていた遺跡には、二千年前に『女神の御使い』によって封じられた夜の神の眷族イプシロンが眠っていたのだと言う。けれどその封印は長い年月の間にさまざまな要因で緩み、イプシロンの意識だけが外に出られるようになっていたらしい。

だが、それだけでは長時間封印の外にいることはできない。何しろ、封印自体はまだ生きていて、常にイプシロンを封じようと作用しているからである。

　そこでクロイツ派は、イプシロンがこの世に留まれるように新しい器（依り代）を用意し、神降ろしの儀式によってイプシロンの意識を自由に動けるようにしたのだ。

　要するに新しい器をその持ち主から乗っ取ったのだ。

ニコラウス審問官もそうやってイプシロンの宿主にされた。一年ほど前から徐々に洗脳していき、半年ほど前に完全に乗っ取られたようだった。

ディーザ審問官は上司であり友人でもあったニコラウス審問官の様子がおかしいのに気づき、彼が洗脳されている可能性を疑いだした。調べていくうちにクロイツ派が関わっているのではないかと考え、動向を探っていたのだという。彼の動きは当然ニコラウス審問官（イプシロン）も気づいていて、隙を見てディーザ審問官を排除しようとしたのだ。

ちなみにニコラウス審問官に扮したイプシロンが王宮に入り込むためにロイスリーネたちに語ったディーザ審問官の疑惑だが、あれはそっくりそのまま名前を変えて事実を騙ったものだったらしい。

つまり、クロイツ派と思しき商人と隠れて会っていたのは、ニコラウス審問官の方だったわけだ。そしてディーザ審問官は、ずっとそれを内偵していたのだ。

——生きていたし洗脳状態から抜け出したニコラウス審問官だけど、これからは大変でしょうね。

何しろイプシロンに乗っ取られて色々やらかしていたらしい。本人はまったく覚えていなくても、無罪というわけにはいかないだろう。

でもそれも覚悟の上のようだ。

目を覚ましたニコラウス審問官がすっきりした表情でそう言っていたのを思い出し、ロイスリーネは微笑んだ。きっと大丈夫だろう。ディーザ審問官も友人をできる限り支えると言っていた。

「無事に解決してよかったわ」

　ロイスリーネはそう呟いたけれど、解決していない問題もある。ガイウス元神殿長や偽聖女イレーナは未だに行方不明なのだから。

「陛下も無事に目を覚まされたみたいですし。よかったですね、リーネ様」

　にこにこ笑いながらエマが言う。ロイスリーネはエマに意識を戻すと、改まった口調で礼を言った。

「ありがとう。エマ。ずっと心配かけていたわね。でももう大丈夫。陛下も戻ってこられたし、これでようやく元の生活に戻れるわ。ねー、うーちゃん」

「キュッ」

「私はリーネ様が元気で、笑顔でいてくださるなら、それでいいです」

　エマはそう言うと、少し照れたように「灯りを消してまいります」と離れていく。ロイスリーネはクスクス笑ってうさぎを抱きかかえたまま後ろに倒れた。うさぎを持ち上げて、鼻と鼻を突き合わせる。

「今回も、うーちゃんは大活躍だったわね」

「キュッ」

「すごくかっこよかったわ、うーちゃん」

「キュッ、キュッ」

ご機嫌な様子で鳴くうさぎを、ロイスリーネは蕩けたような目で見つめる。

ちなみにうさぎは「キュッ（そうか）」「キュッ、キュッ（君が無事でよかった）」と言っていたりする。

その時ふと、ロイスリーネはうさぎがガーネット宮のジークハルトの寝室と思しきベッドで寝ていたことを思い出した。

──そういえば、あの後すぐにイプシロンの件があって忘れかけていたけど、陛下はどこにいたのかしら。

別の部屋だとジークハルトは言っていたけれど、侍女長は「陛下」と言って部屋に入ってきたのだ。だからあの部屋がジークハルトの寝室であることは間違いないと思うのに。

……一体、ジークハルトはどこに行っていたのだろう。そもそもうさぎはなぜあの部屋で寝ていたのだろうか。

──あれ？

何か引っかかるものを感じてロイスリーネは眉を寄せる。

──私、陛下とうーちゃんが一緒にいるところ、今まで見たことがあったかしら？

ジークハルトに扮したエイベルと一緒に執務室にいたことはある。けれど本物のジークハルトとうさぎが一緒にいたことはないような気がするのだ。

なぜだろうか。うさぎの飼い主はジークハルトなのに。

――……………まさか、ね。

頭に浮かんだ疑惑をロイスリーネは打ち消した。

――まさか、そんなことありえないわ。うーちゃんが陛下だなんて。

でも実際、ロイスリーネは呪いで眠りから目覚めないジークハルトをこの目で見たことがないのだ。そしてジークハルトが呪いから目覚めない間、ずっとロイスリーネの傍にいてくれたのはうさぎだった。

――いつもは夜だけしか遊びに来ないのに。

ロイスリーネはじっとうさぎを見つめた。

――そういえばうーちゃんの毛の色は陛下の目と同じ青灰色よね。

「……………」

じわじわとロイスリーネの中で疑惑が大きくなる。

「っ、いえ、そんなことはありえないから」

頭をぶんぶん横に振って否定していると、うさぎが心配そうに見つめてくる。

「キュ？」

――その心配そうな表情が陛下の面影と重なる……なんてことはないから！　ないから！

全否定すると、ロイスリーネはこれ以上考えることをやめた。

「……うーちゃんはうーちゃんなんだから」

胸にぎゅっとうさぎを抱きしめて、ロイスリーネは自分に言い聞かせる。

——そう、うーちゃんは可愛いうさぎよ、陛下が呪いで姿を変えてるんじゃないかなんて、そんなのありえないわ。

もしそうだったらロイスリーネは恥ずかしさのあまり窓から飛び下りなければならない。

——だって毎晩一緒に寝ているし、キスもしているしっ。吸ってもいるんだもの。だから陛下じゃないったら！

ロイスリーネは頭を振って再度その考えを振り払った。

……けれど、その疑惑はロイスリーネの胸の片隅で、いつまでもくすぶり続けていた。

イプシロンの事件から五日後。

ディーザ審問官とニコラウス審問官は聖騎士たちと一緒に大神殿に戻っていった。

ライナスが調べたところ、ニコラウスの部下たちは誰も洗脳された形跡がなく、イプシロンが乗っ取られていたことを知るや皆一様に驚いていた。

おそらく神殿の聖女たちや王宮にいる魔法使いたちに警戒されないよう、わざと何も知らない者たちをイプシロンは選んで連れてきたのだろう。

彼の目的はディーザの抹消かと思われたがそれはあくまでついでで、どうやら霊廟の地下の探索が主だったのではないかとジークハルトたちはみている。

——一体、あの地下に何があるのか。

ジークハルトさえ知らなかった霊廟の地下室のことをなぜ彼らは知っていたのか。何の目的があって何を探していたのか、皆目見当がつかなかった。

だがそこに、思わぬ情報が入ってくる。

ジョセフ神殿長と聖女マイラが戻ったことで、ようやくロウワンへの帰途についたローゼリアとロレインが帰国する直前、『予言の魔女』が残した第三の予言のことをジークハルトたちにそっと教えてくれたからだ。

『悪しき獣に鍵が奪われ、奈落の底の扉が開く。憎しみと怒りが世界を覆っていく。けれど案ずることはない。リリスの血族とアベルの血族が、黒い竜の憎しみを解き、安寧の眠りへと導くだろう』

「アベルの血族というのは、イプシロンの言葉から推測するにルベイラの血筋のことを指すのだと思われます。リリスの血族は分かりませんが、今までの状況から考えるに、王妃様の母方の家系なのではないでしょうか」

カーティスの言葉にジークハルトは頷いた。

「ああ、おそらくそうだろう。鍵というのが何を指すのかは分からないが、クロイツ派の幹部が蘇った夜の神の眷族だと確定した今、彼らの目的は明らかだ。——夜の神の復活、だ」

「それ以外にありませんね。……それと陛下。ベルハイン将軍から、先ほど気になる情報を得ました。以前、『緑葉亭』で酒を出せと暴れた兵士のことを覚えていますか？」

ジークハルトは眉をあげた。

「もちろん覚えている。ロイスリーネを傷つけようとした男だからな」

「余罪がありそうだと将軍たちが尋問を続けていたそうです。一周回って面白いほど色々と出てきたそうですよ。そしてその中に、以前アーカンツ伯爵の従者として王宮に出入りしていたデルタとラムダの名前が出てきたそうです」

「なんだって？」

「あの男、王宮の門番になる前までは霊廟を警備する担当部署にいたそうです。そこでも色々やらかして異動させられたようですが。……そして霊廟の警備担当だった当時、奴は賄賂を受け取り、とある人物たちが霊廟の中に入れるように便宜を図っていたそうです」

「それがデルタとラムダか」

「はい」

「つまり……霊廟地下の捜索は最近ではなく、以前から行われていたということだな」

ジークハルトは臍をかんだ。まるで気づいていなかったことが腹立たしくてならなかった。

カーティスも渋い表情になる。

「やはり、あそこには何かあるようです。そして夜の神の眷族である彼らの興味を引くものと言ったら――」

「……夜の神の封印に関することだな」

椅子の背もたれに背中を預けて、ジークハルトは深いため息を吐いた。

「この王都のどこかに夜の神は封印されているという。奴らは見つけたのかもしれないな……我々の知らない封印の解き方を」

――おそらく、ローゼリア様の祖母の言っていた予言は、そのことを指しているのだろう。

鍵。奈落の扉。リリスとアベルの血族。

一時だけ異なったジークハルトの姿。……それにイプシロンが言っていたクロイツ派の教祖プサイ。そして『女神の御使い』。

「まったく、分からないことだらけだな……でも、絶対にロイスリーネを守らなければ」

ジークハルトは机の上で拳(こぶし)を握(にぎ)った。

「蘇生(そせい)さえ行える彼女こそ、神々がくれた奇跡(きせき)そのものなのだから――」

終

あとがき

拙作を手にとっていただいてありがとうございます。

お飾り王妃の4巻です。こうして続きが出せたのも、手に取っていただいた皆様のおかげです。ありがとうございました。

今回は前回の続きから始まります。3巻で断罪されて護送中の偽聖女たちの一行が襲われるところからです。のっけから不穏な雰囲気で始まりますが、本編はいつものような感じで進むのでご安心を。

この巻では結局彼らの行方は杳として知れずで終わっておりますが、もちろん次回では出てきて重要な役目を担ってもらう予定です。彼らが出ることで、夜の神の眷族たちの事情や内情も少しずつ分かってくるようになるでしょう。

さて、今回は全体的にうさぎ成分が多めです。3巻では人間のジークハルトの方が出ずっぱりであまりうさぎは活躍していなかったので、今回は頑張ってもらいました。人間型で出られなくなったので、ずっとうさぎのままロイスリーネとイチャイチャしたり、書類仕事をしたり、戦闘で無双したりします。いつもよりモフ成分も多めです！　書いていて楽しかったです。

その代わりと言ってはなんですが、ロイスリーネはうさぎを溺愛するあまり少しポンコツや変態具合に磨きがかかるようになりました。うさぎのことに関しては全部前向き＆いいように解釈しています。頻繁に腹毛に顔を埋めてうさぎを吸うようにもなりました。その間ジークハルトはチベットスナギツネのような顔をして耐えております。この辺りは書いている時もすごく楽しかったです。

ただ、ようやく最後の方でほんの少しロイスリーネも疑いを持つようになったので、これから少しずつうさぎとの関係も変わっていく……かもしれません。

ジークハルトはジークハルトで、今回のエピソードで夜の神やその眷属たちとはただルベイラの子孫という関係だけではないことが判明します。彼にもロイスリーネとは違った役割が用意されているのが、垣間見られたのではないかと思います。アルファ（アベル）との関係やリリスとは何か、そして二千年前に何が起こったのか。それらも徐々に明らかにしていこうと思っております。

そして今回思いがけずに活躍したのがジェシー人形です。元々ロイスリーネの身代わりになったり、着せ替え人形になったりと物語をずっと支えてくれていたのですが、今度は女神の御使いの依り代としても活躍してくれております。今は御使いは抜けてしまっていますが、また出てくるのでその時にもジェシー人形は活躍してくれるでしょう。

さて、いよいよストーリーも佳境に入ってきています。ようやく到着点が出てきたといったところでしょうか。最終回に向けてロイスリーネにもジークハルト（&うさぎ）たちにももっと頑張ってもらおうと思っております。

イラストのまち先生。可愛いうさぎをありがとうございます！　今回はうさぎの出番も多く、それに準じてイラストも多いので、見ていてとても幸せな気分になりました。もちろん、人間のジークハルトもロイスリーネもとても素敵に描いてくださいました。ありがとうございます！

最後に担当様。いつもありがとうございます。色々とご迷惑おかけしてすみません。何とか書き上げることができたのも担当様のおかげです。

それではいつかまたお目にかかれることを願って。

富樫聖夜